U0540654

素尘欢

安卡 著

长江文艺出版社

图书在版编目（CIP）数据

素尘欢 / 安卡著. -- 武汉：长江文艺出版社，2024.7
ISBN 978-7-5702-2664-1

Ⅰ.①素… Ⅱ.①安… Ⅲ.①散文集－中国－当代 Ⅳ.①I267

中国国家版本馆 CIP 数据核字(2024)第 058786 号

素尘欢
SU CHEN HUAN

责任编辑：王乃竹　　　　　　　责任校对：毛季慧
封面设计：胡冰倩　　　　　　　责任印制：邱　莉　杨　帆

出版：长江出版传媒　长江文艺出版社
地址：武汉市雄楚大街 268 号　　邮编：430070
发行：长江文艺出版社
http://www.cjlap.com
印刷：湖北恒泰印务有限公司

开本：880 毫米×1230 毫米　　1/32　　印张：5.5
版次：2024 年 7 月第 1 版　　　　　2024 年 7 月第 1 次印刷
字数：119 千字

定价：58.00 元

版权所有，盗版必究（举报电话：027－87679308　87679310）
（图书出现印装问题，本社负责调换）

每一粒素尘都在起舞

目 录

第一辑 草木心

寂静的暮色 …………………………………… 003
大地的褶皱 …………………………………… 007
秋天的遗物 …………………………………… 012
两个遗世独立的人 …………………………… 016
东山断章 ……………………………………… 020
城市的缝隙 …………………………………… 026
一树繁花 ……………………………………… 030
以爱之名 ……………………………………… 032
见字如面 ……………………………………… 036

第二辑 小城寄

她的重庆 ……………………………………… 041
慈禧老唐 ……………………………………… 051

故乡客 ……………………………………………… 055

重庆二哥 …………………………………………… 059

与江 ………………………………………………… 063

不要等河流醒来 …………………………………… 067

最后的城门 ………………………………………… 071

一半人间烟火,一半千年古韵 …………………… 076

钓鱼城,走过四季的浅唱低吟 …………………… 078

行走龙多山 ………………………………………… 080

南溪河的阳光 ……………………………………… 086

冬日江城笔札 ……………………………………… 090

江城的一滴水 ……………………………………… 095

奇遇 ………………………………………………… 099

第三辑 素尘欢

废墟的绿 …………………………………………… 103

两只河豚 …………………………………………… 105

短章二则 …………………………………………… 107

带着香气的遇见 …………………………………… 109

过客 ··· 113

梦里不知身是客 ······························· 118

出口 ··· 123

一个人开车旅行 ······························· 126

时间的尽头 ···································· 131

生活笔记 ······································· 137

时光 ··· 151

阅读 ··· 161

第一辑

草木心

寂静的暮色

冬日的暮色使万物疏离。

没有绚丽晚霞,暮色如帘,缓缓地围过来。远处的山丘,混沌成天空灰褐色的阴影。平缓的流水,是养在河岸的疲惫的马匹。草坪失去了葱绿,公园屏住了呼吸,所有的树木静默,似冬日大地上一张张沟壑纵横的脸,蜷缩在城市的墙根,回溯着热闹的风声和哒哒的马蹄。

我是这公园唯一的过客。我走得小心翼翼,彩色路道不发出任何声响。宽阔的道路向前延伸,越走越宽,像大地伸出的手臂,若有所求,但寂静无声。

寂静使人回想,仿佛是一种精神的补偿。

在那片新绿植出现之前,我曾与园艺工人攀谈。那日天气晴朗,阳光下小草泛着清澈的光。在规整过的苗圃里,他戴着黄色斗笠,身着绿色工作服,忙着清除杂草,和公园自然地融为一体,是公园最生动的美学。我向他讨教花草种植的秘诀,他抬起头,黄色斗笠像一束阳光扑面而来,和笑容一起,将皱纹印出长长的岁月。他说草木都有灵性,你对它好,它都知道。但又不能太好,和养孩子一样,过于溺爱,生命力就弱了。这是公园的艺术家,是草木与土地的月老,拥有能与草木对话的禅语。

小时候生活的地方,每一棵树、每一种草都有它们的名字,我喜欢那些带着父辈语境的朴素的称谓。比如梳子草、折耳根、茅草根,形象生动。而这偌大的公园里,诸多草木我都叫不出名字。我不懂它们的禅语,以至于无数次地路过这些草木,都没能很好地与它们交谈。此时,这座公园空旷无声,像被这场疫情遗忘了。

在夜色来临之前,我坐在铁艺椅子上,俯身盯着蚂蚁家族的浩大队伍。它们没有搬运食物,应该是从一个巢穴奔向另一个巢穴。它们靠着触觉交流,沟通的效率也许远远胜过互联网时代的人们。它们行色从容、和谐有序,凡蚂蚁过处,寂静无声。也许,有时寂静比呐喊更有力量。我看过一部动画片《别惹蚂蚁》,小时候也曾和卢卡斯一样,看蚂蚁运输食物或搬家时,总要伸手去破坏它们的行程或捣毁它们的巢穴。虽然我并未如卢卡斯一样,被蚂蚁群起报复而变成蚂蚁王国的一员,但生活已教会我们,在大自然面前,有时人类也如蚂蚁。"天地不仁,以万物为刍狗",大自然没有私心,万物平等,遵循自然的"道"才是道本身。

走过公园中心地带,在宽大的斜十字路道,看见从十几米高的枫树上飘下几片枫叶。暮色中的枫叶上几乎没有光亮,不知道它们是否有死亡的知觉。春生夏长,秋落冬逝,这是叶子的一生。如果它们知晓死亡,当奔赴大地的时候,会不会如人类一样忧伤?

我忽然想起她。她是一个特别乐观的人,讲话慢条斯理,走路也不急促。

她讲起小时候的一个夏天,她想喝山泉水,不小心掉进了山泉岩洞。不会游泳的她,在挣扎中几近窒息,危急时想起大人曾说捏着鼻子就能浮上去,她便捏着鼻子,冒出水面后大声呼救,附近的老乡把她拉了出来。还有一次,她在山坡上玩儿,脚滑,直接滚下几十米的山坡。远处的父母看见,急坏了,赶紧狂奔过去。可她除了脚有点擦伤,其他完好。像是奇迹。

她讲起她的丈夫,几个月还是一岁时,父亲瞧着他的身子越来越冷,直至冰凉,也没钱看医生,就把他丢弃到了茅坑边。那时一家通常生很多孩子,生病、死亡也是常有的事。他是家里第四个孩子,一家人养活几个孩子不易,父亲似乎也并不怎么悲伤,至少母亲后来讲起来时是这么描述的。母亲回家听说后,哭着不相信他无缘无故就死了,于是把他从茅坑边捡起来,抱着他在柴火边烤,期望能让他的身子暖起来。几小时后,他的身子暖起来,呼吸均匀了,他活过来了,母亲喜极而泣。

也许因为两人都在生死的边缘挣扎过,他们结婚三十年,彼此珍惜。

空寂的暮色中,鸟雀也已归巢。公园里放了几个人工鸟笼,以吸引更多鸟雀"安营扎寨",还辅有鸟雀的食物。或许时机不对,我路过无数次,从未见鸟雀去鸟笼里栖息、啄食。或许鸟雀有自己的生存方式,并不希冀不劳而获的安逸。

想起一个母亲的故事。

她叙述得很平淡:有一天上班路上,她推着自行车过人行道,一辆货车开过来,把她撞倒在地。她当时非常生气,想说一定要去医院做个全身检查。货车司机是个年轻人,下车时脸色煞白，哆嗦着跑过来扶起她，不停道歉，说赶着送货，刹车晚了，还说要送她去医院。她看着那孩子，动了动脚，脚踝有点疼，然后跟他说："算了，不去医院了。以后开车慢点。"年轻人呆呆地站在原处。她笑着对他说："我儿子和你差不多大。"她跟我说，就想着自己孩子在外要是遇到这种事，心里一定也很惊慌，她希望那些人像她对待这个年轻人一样对待她的孩子。

某位哲学家相信，一个人只要能深思熟虑，他就能自救，真与善终究会重合。她是个普通的农村女性，我的姐姐。推己及人的善意，这是普通人的处世哲学。

走出滨江公园，回到公路上，初冬的凉风还残存着秋日的温柔。寂静的暮色之后，深沉的黑夜将会来临。不知道黑夜会不会如我般回想，那些早晨的清新、午后的灿烂、暮气的浑浊。还有那些草木的生长、叶子的枯黄、园艺工人的笑容，以及，曾经路过的人们，他们的喧闹与沉思。

大地的褶皱

磨盘山其实只是重庆的一座小山，山里有一个普通的小村庄，不富裕，也不那么贫瘠。它是大地一个细小褶皱，不曾被世界注视。十几户农舍呈阶梯状地散落在山腰或山脚。村民关系大多时间是和谐的，亲热的，美好的。大家出门遇见总是笑脸相迎，彼此问候"你吃了没得？""麦子收完了没得？"，开启龙门阵模式。

春耕，夏耘，秋收，冬藏，不仅是农作物的生产过程，也代表着村民的生活。所以最热闹的节目大多在夏天，尤其在夏夜。

在汗水湿透衣背的夏季，劳作一天的村民将地坝打扫干净，用几桶泉水降温，把凉板、凉席、斗筲或蚕箕铺上去，以天为被，以地为床，开始夏夜乘凉好时光。

星空下的家庭演唱会、故事会都很精彩，在我的记忆里泛起浪花，但浪花很快就平息了。像朱砂痣一样长在记忆里的，是半山腰钱婆婆和山脚丁婆婆的吵架拉锯战。"体面"这个词，在俩婆婆眼里，就是谁败谁丢脸。她们不研究岁月静好为何物，但嘴上功夫一定是了得。

当我躺在凉板上，望着星空，即使正听着嫦娥的故事入神，只要一听见连续不断的巴掌响起，跟着嘹亮的新闻预告："大家来听哟，大家来看哟……"我便激动得心跳加速。我知道，一场天雷勾地火般的吵架大战即将拉开序幕。我会赶紧在地坝占据有利地形，观望事态发展。

有时新闻预告是钱婆婆发起的，我仰头便看到钱婆婆站在一块岩石上，叉着腰起着范儿。丁婆婆在地理位置上稍显吃亏，毕竟大家看不见她的身影。

她们吵架的原因不过是谁家的牛偷吃了谁家的菜，谁家的狗追咬了谁家的鸡，谁家的树遮住了谁家的田……吵架的内容大多与事实或假想事实无关，基本都要从老祖宗扯到下一代。吵架的形式有咄咄逼人的机关枪式，有"循循善诱"的反讽模式，甚至有花式婆婆舞蹈。

吵架的小火苗也燃起了村民围观的热情。大家摇着蒲扇围观，还不时互动一下。这更激发了大战双方的斗志。她们是敬业的老戏骨，使出十八般武艺，声嘶力竭、手脚并用地倾力表演，力求让对手在村民的喝彩声中颜面扫地。

直到，月亮升起又走远，星星闪烁又隐身，蒲扇停止了运行。她们其中一人便根据情势，抛下一句"今天懒得跟你废话"，迅速撤退，韬光养晦。另一个婆婆应该也累得不轻，顺势结束战斗。

如果你觉得这种结束是真的结束，那就太低估她们的战斗力了。

伴随着第二天清晨的第一缕阳光，两个婆婆又在彼此的"问候声"中开始了新一天的表演。即使肩挑井水，手抱柴火，两人也不能停止嘴上练兵。当然，白天我要和小伙伴玩游戏、捉泥鳅、捉螃蟹，无暇顾及她们的对抗。一到晚上，新一轮骂战接着上演。村民就又摇着蒲扇看戏，这是作为观众对表演者最起码的尊重。

这种拉锯战一般要持续四五天。两个婆婆确实失声到没法对抗，就自然歇战了，也不知道谁输谁赢。

因为记忆深刻，我后来跟同学描述过吵架的精彩，还得知此类吵架形式各地雷同，但这种连续作战长达四五天的，确实罕见。由此我便成为见证过奇迹、开过眼界的人了。

听我妈说，原本钱婆婆和丁婆婆关系好得不能再好的，她们彼此就是现在称的闺蜜。

半山腰的钱婆婆煮了好吃的，总要小心翼翼和给丁婆婆送上一碗。丁婆婆种的果树收成好，也要爬坡背一筐果子送给钱婆婆。两人的关系甜得如蜜。

钱婆婆有三个孩子，老大是儿子。丁婆婆也有三个孩子，老大是女儿。当她们觉得无法用其他形式为这份关系加码时，便开始筹划两个老大的婚事。

没承想丁婆婆的大女儿在赶集途中认识一外乡男子。外乡男子练得一门修鞋手艺，带着一个破旧的工具箱、一架油光发亮的补鞋机，常年穿行在各个集市。

最初丁婆婆一家也是不同意的，但他不时带来的漂亮发卡、别致纽扣、自制鞋子，让丁婆婆紧绷的脸一点点绽开成花朵。

最后丁婆婆想与钱婆婆和谈，解除两个老大的婚事。谈是谈了，"和"就不可能了。感受到严重背叛的钱婆婆觉得特别丢面儿，暴脾气发作，从此两家势不两立。

小孩子的兴趣转移是瞬间的事，没想到大人也如此。某个夏天，我爸爸突然带回一个红色电视机。这种高科技在磨盘山村引起不小的轰动。那么多山外的人出现在电视里，太神奇，一下子就把我吸引了过去。村里的人也陆续被吸引了过来，先是在我家屋子里看，来的人多了，我们也就把电视搬到了地坝的桌子上。晚饭后，村民带着自己的小凳子在我家地坝集合，集体观看电视剧。

人们不再关注两个婆婆的恩怨。没有了听众，俩婆婆也觉索然无味，吵不了两句就不了了之。

当大人开始站在磨盘山的肩膀上，当他们尝试着走出去，当他们出现在沿海的建筑工地、鞋厂、服装厂、餐厅……磨盘山一直是静默的。什么财富啊，亲情啊，爱情啊，希望啊，它好似从不关心，始终保持着蹲坐的姿势，仿佛它的村民从不曾离开，却又一直等待他们归来。

再见到钱婆婆，已是数年后的清明节。

高速公路穿过磨盘山，奔向四川广安，水泥公路已抵达村民家门口。钱婆婆的家已从山腰搬到了山脚，房子从泥瓦房变成了琉璃瓦房。在深红色的木门内，她坐在椅子上，身体深深陷在深蓝色的羽绒服里。她的两只手同时拄握着拐杖，那拐杖已被盘出包浆，有了岁月温润的感觉。她的下巴靠在手上，绛红色的毛线帽子包裹着额头和耳朵，整个样子看起来很萌，像一个小孩。

我大声地跟钱婆婆打招呼，问她还认得我吗。

她倔强地哆嗦了一下嘴唇，声音沙哑，语无伦次："回来了啊？回来就好，回来就好。全都盖楼房了，年轻人都出去了，只有几个老骨头在了……他们都走了……你看，你还是输了哈，进棺材咯……"像在唱歌，一曲挽歌。

"她啊,连我都不认得了,还惦记着和你丁婆婆吵架那些事情。呐,你丁婆婆都走了那么多年了。"钱婆婆的儿子,钱表叔从屋里走出来。他戴着时下流行的渔夫帽,帽子挡住了部分皱纹,让他看起来比中年略老一点,比老年年轻一点。他说:"我妈可能没多少时日了,得回来守着她。"

大地的褶皱众多,每一处都衍生着一代一代的故事。清明节的磨盘山,仿佛热闹了一些。青烟不时升起,风吹过,混合着烛香和青草的香味儿。

秋天的遗物

初冬的清晨，没有阳光，仿佛因大地已完成收获，太阳无须再行布施。

当冷风灌入房间时，我打了个寒战。这是今年冬天的第一场寒流，更像是秋天的遗物，但我无法辨清风来自哪里。

风像一个远行人，在急匆匆地赶往春天的路上，翻越某座下雪的高山，顺便携带着雪花光顾我的房间。如同我醒来后脑海中闪过的梦的片段，不知道那些真实的人和看似真实的事件从哪里来。我想象那是来自平行世界的另一个自己，我的沉睡激活了另一个时空的自己。

楼下有一条很浅的溪流，能看清水草的晃动。它盛过碎如花瓣的阳光，盛过急如泉涌的雨水，盛过我空洞的目光和鸟雀的飞翔，只是从没盛过小孩子的奔跑。

这条溪流像城乡接合的纽带，翻过溪流对岸的山丘，那边就是葱郁的庄稼。也许再越过无数个山丘，就是我童年的那条溪流。早上有人在溪流边散步，不急不缓，他也许和我一样想起奔跑在溪流间的童年，那些脚丫卷起的水花，是阳光，是雨水，是炙热的目光和飞鸟的翅膀。

每天清晨，我会趴在窗台，与这条浅溪对视。风凛冽，缩短了我们对视的时间。

因为一群鸽子。

鸽子来自溪流对岸的某户人家，常常从楼顶飞出，在溪流、山丘和更远的江河间盘旋。

周末的某些时间，我常常在窗台边陪着它们。我想它们是害怕孤单的，所以常常集体飞行。在溪流之上，它们是灵动的白色精灵。在灰褐色的乌云之下，它们成了天空中的一个个飞舞的小黑点。

天空深远，白昼太亮，视线里它们已经失去了原本的色彩，只留下一点点剪影。而窗台边的我，在它们眼里，应该连剪影的轮廓都不曾有。

它们也许在怜惜蜷缩在屋子里的我，而我仰慕它们飞翔的姿态。群鸽在飞翔，它们的翅膀让我的想象有了具体的形态；我在观望，我的眼睛让它们的飞翔有了镜子。我们彼此洞察，彼此融入，这或许便是我们彼此陪伴的理由。苍穹辽阔，土地广大，而此刻我只看见鸽子，因为它们在携我飞翔。最终，我们都会回到各自出发的地点。

家是我们的起点。即使天气突变，我还是需要出去走走看看。人说三日不读书便觉面目可憎，在我看来，一日不接近自然，也是如此。居住地在城市边缘，步行到最近的公园只需几分钟。

穿过一条空旷的大街，踏进空旷的公园，我有闯入一片森林的恍惚感。

没有同行人，一个人的公园，路道显得特别宽阔。小时候吃新鲜的食物，闻大地的香气，道路狭窄，视野狭小，便向往城市的生活。后来远离了泥土，见识了更多的人、高楼与机器，却开始想念土地的气味。

此时这公园里独我一人，我可以走向江边，可以走向冬天的深处，也仿佛通向春天，抵达另一个自己。

季节如同人类，有自己的生命体征。初冬，季节仿佛进入更年期。阴郁、敏感、悲伤、易怒。

一场寒流弥漫在公园，长青的树木变得木讷了许多。为给冬季增加暖色调，公园移栽了好几种秋天观叶乔木，它们全冠移栽而来，在被疏枝、疏叶后，立地成景。三角枫叶、五角枫叶、银杏叶，它们在秋天拼命吸收大地的色彩，完成一次集体换装，又将色彩绽放在这个小城一角。由于土地与阳光的差别，彩叶的明度与浓度有着较大的差异。

临街的几棵三角枫树，树冠仅剩几片暗红的叶子。如果没有寒流与风的参与，枫叶与树干之间会有一场漫长的告别。

昨天阳光和煦的午后，枫树还像一只大鸟伸开深红的翅膀。我站在枫树下，渴望有一些叶子落在我的肩膀或发梢，我想象那是麻雀落在梭罗肩上的幸福。可惜我缺乏足够的耐心，半个小时过去，枫树都不愿意抖下一片羽毛。我的渴望不及这清晨的一场冷风。

我想叶子诀别的姿势应该是悲壮的，草坪上那些凌乱的彩叶，是秋天留给大地的遗物，给冬天增加了血色的美感。从大地吸收来的色彩，最终都会被还给大地。

人们常会赋予树木、花草寓意。古人用枫叶传情，祈求永恒。枫叶由青变黄，变红，而后在灿烂中陨落，预示着岁月的轮回。那些冬日的彩叶，从嫩绿的春天而来，脉络间爬满了季节的痕迹，人们早已不记得它们春天时的样子，但大地记得。

北方的朋友发来消息：今天听见初雪的声音。

我的城市极少下雪，不知道初雪的声音有多美妙。雪落在北方，与西南的风隔着不复相见的辽远。我走在公园中央高大的黄葛树下，踩着湿漉漉的叶子，窸窸窣窣，像从土地里发出的沉闷的声音。我想，这和初雪的声音应该截然不同。北方人的冬天，有大雪可期盼。而此时我的冬天只有风。风旁若无人地徘徊，游离而诗意，寒冷而寂静。

寂静是短暂的。我走在江边的步道上，风带着节奏而来，从间断的试探到疯狂地掀起一切。江面荡起一圈圈纹路，藏在树枝间的鸟雀尖锐地鸣叫着飞腾，高大的树木呼啸着摇晃，枯叶在草坪上匍匐着翻卷……

风，终究露出冬日的马脚，将秋天推得更远了，还裹挟着骤雨。雨下得突然，打在树叶上沙沙作响，像要洗尽一个季节的尘土。

我回想起童年，躺在被窝里，听雨打在青瓦屋顶上的声音，滴滴答答的，充满童趣。想着白天和小伙伴们一起伸出手，一次次将顺着瓦片滚落的珍珠雨帘拦腰截断，笑声和雨声应和，乐此不疲。

而此刻，天空变成海洋，我像是突然闯入这片海域的风，以风的速度落荒而逃，逃离江边，逃离公园。脚下溅起水花，像小时候奔跑在浅浅的溪流间。

就这样，我披着满身雨水回到家，仿佛又一次完成起点到终点的旅程。而终点，又将变成我的下一个起点。如此往复。

两个遗世独立的人

那年夏天,我时常感觉生活之于我如鲠在喉,周围的空气都跟我格格不入,我看自己,也异常陌生。我花了一晚上整理个人简历,第二天便寄了出去。很快,我换了工作来到一个全然陌生的小镇,再花了半天时间寻得一个三居室出租屋。

我并不想认识这个小镇,只是需要一个住所安置自己的身体。

出租屋在一栋旧式楼房的二楼,一间房东住,一间紧锁着,一间给我。从底楼到二楼,需经过一条幽暗狭长的楼梯。三居室的客厅很小,房间里一个八人餐桌、一个已多处是塌陷的布沙发、一部红色座机,无采光。我的房间临街,一张旧木床、一张旧木桌是房间里的全部家具。斑驳的墙上,一张大约二十世纪八十年代的赵雅芝贴画是唯一的装饰。窗框是红色的,漆掉落了一半,关闭不严。窗台上有一个残破的花盆,一株不知名的植物只剩下躯干。因为窗子小,即使临街,房间依然暗淡无光。

所有这一切都抵不过廉价房租对我的诱惑。

房东是一位年过七旬的婆婆，瘦削，有些失聪，躬着身走路，脸上布满岁月。但这掩饰不住婆婆精致的五官和高挑的身材。婆婆不太说话，不知道是因为经历了大半生的喧嚣还是生性如此。我也很沉默，这大概是与生活的一种对峙。

那个夏天气温很高，房间里没有空调和电扇，婆婆不怕热，早上也穿着长袖棉布衣服。我也不怕热，除了需要点着蚊香，电扇都不需要买。我从未见过婆婆的亲人来看望她，我也从未告诉任何朋友自己在这陌生小镇。一个是满屋存满各种生活痕迹且不曾打扫的老人家，一个是想要删除所有过往痕迹的年轻人，我们像两个遗世独立的人，同居一室，却互不打扰，也似乎毫无瓜葛，房间之外的世界跟我们没有任何关系。我们仅有的交流就是我早上上班出门、晚上下班回来时互相点点头。不冷漠，不温暖，很自然。

除了单位、出租屋，我还有一个去处就是网吧。泡网吧的人大多是游戏爱好者，我偶尔也打打游戏，更多的时候是浏览网页。我泡网吧时一般会带着一个本子，走出网吧时，本子上密密麻麻写满几大页。有的是工作需要的资料，有的是一些毫无逻辑的句子。在网吧的日子很是自在，和在出租屋一样。唯一不足的是回出租屋时那一段漆黑的路和漆黑的楼梯。

有一天凌晨，我从网吧出来，夏夜的风有些微凉，迎面两个若隐若现的影子逐渐接近。在我快速经过他们身边时，隐约听见一人说：这人好像一个幽灵哦。我先是一愣，然后低头看看自己的白色长裙，突然想仰天长笑：原来我是一个幽灵！回到出租屋时，遇上停电。我看见婆婆手上举着蜡烛从洗手间慢慢走出来。我竟然有"黄卷青灯，美人迟暮，千古一辙"的即视感。我持黄卷,婆婆持青灯,两人合造一个画面……碰面也无话,我们各自走进自己的房间。我对着墙自言自语:我们好像两个幽灵。

有这次经历之后,那段漆黑的路我再也不用害怕了。你假想别人是幽灵,别人假想你是幽灵,都是黑夜的幽灵,还有什么好怕的呢?

那个夏天的天气很是奇怪,喜欢玩突然变脸。白天阳光炙热,夜晚大雨滂沱。经过两次夜晚被窗外飘雨侵袭的经历,我将唯一的行李箱挪到靠里墙的角落。

一天傍晚,我走出房间,穿过热闹的街面,走到一片安静的墓地。雨突然下得很大,夏天衣薄,也无可抵御大雨的行头,我很快被淋得全身湿透。我站在一座新坟边,新坟还没长草,相比周围的杂草丛生,没有墓碑的新坟显得尤为落寞……我醒来的时候脸上还挂着泪水,房间里开着灯,婆婆坐在床边。只听见婆婆说:"你又做噩梦了。才二十几岁,还有的是机会。莫想了,好好睡,啊。"说完她缓缓起身离开。我没有问失聪的婆婆怎么在雨夜里知道我做噩梦的,而且她似乎还知道我噩梦的内容。

那晚之后,我没再做过噩梦。

出租屋的秋天似乎来得更早一些。婆婆早早地穿起了冬衣,我也早早地加了一件外衣。我从网吧回来的时候,常常听见婆婆房间里的咳嗽声。有时我会敲敲门,问婆婆要不要紧,婆婆通常都不太理我。

那个秋天,我走出小镇,给了自己一次旅行。我不动声色地跟着火车穿越可可西里,在拉萨转悠两天后再去林芝。在海拔5000多米的米拉雪山口,那个我最接近太阳的地方,氧气稀薄，呼啸的风冷漠得让人发指，像有谁扼住了我的咽喉，越反击越窒息。

我只能妥协，缓缓下山，去往下一站。

旅行结束后，我回出租屋做了几件事。征得婆婆同意，我把客厅的家具重新归置了一下，把房间清扫了一遍；把窗台上那个残破的花盆搬进室内，种上绿萝；买来蓝色窗帘，以遮挡关闭不严的斑驳窗子，也抵挡一些风雨。婆婆似乎对此很满意，还特地做了两个菜，让我陪她一起吃。

冬天快要结束的某个晚上，我被客厅执着的电话铃声吵醒。那部红色电话机极少响起，不，应该是我第一次听见电话铃响。我起身去敲婆婆房间的门，没人应，推开门，婆婆不在。我只得拿起话筒，电话那头的人告诉我，房东婆婆走了，房子不出租了。我坐在客厅那个多处塌陷的沙发上，那个无风、无月、无雨的夜格外寂静。

婆婆走了。也许，这也是婆婆给自己的一次旅行，去往她的另一个春天。

所有的东西都在角落的行李箱里，像随时准备着随我启程。

东山断章

一

秋日清晨，月亮还浅挂在微亮的天空，空气里飘荡着一种淡淡的、清新的、温润的味道，带着黑夜的尾声和白天的序曲。山顶壮观的积云像缓行的群鸟，不断变换着飞行的队列。山林还在晨曦中沉睡，淡蓝色的薄雾已在江水和东山间轻盈漫步。幽暗隐秘的光线从山顶透射出来，有一种薄纱抚面的欢愉。

你默默地打开门，一个人走向一个古老的名字，一座离你最近的小山，像一种无形指引，让人不由自主地前往。去看天际日月同辉也罢，去闻山间草木清香也罢，或许，你什么都不为，只是单纯地走向它。目的地与行走的人，应该是双向选择，惺惺相惜。或许，并不是你选择了东山，而是东山选择了你。

二

穿过城市广场,你在晨曦中沿着一条小溪前行。

这条名叫"五道溪"的溪流,仿佛是某种界线。东岸,是东山下曾经辉煌的工业区、老厂房,而今杂草丛生,高耸挺拔的砖砌烟囱,旷日持久地安静着。西岸,是别墅区,是高楼,是新修的宽大广场。

这不是文明的界线,不是城乡的界线,只是时代的一个记号。

溪流纤秀,你无数次在阳台上俯瞰过它。小溪清澈,水草会在阳光下闪烁。大雨之后,溪水浑黄不堪,在两岸繁茂的草木里像一片修长的落叶。在清澈与浑黄之间,你常常会想起一个故事。佛陀路遇小溪,让弟子去取水。小溪浑黄,溪水不能喝。佛陀仍让弟子去取。弟子想做点什么,让溪水变纯净。佛陀说:"什么事都不要做,否则水将更不纯净。等等吧。"等待良久,泥沙沉积,枯叶消失,溪水清澈。佛陀说:"看见了吗?没有什么东西是永恒的,只需耐心去等。"

沿着小溪行走,只听溪水和溪水对话,匀速但热烈。你寻到小溪的一个缺口,蹲下来想要听清它们的语言,却只看到溪水中自己不断变幻的脸。

三

　　路过废弃的厂房大门,像穿越一个时代。那是一个非诗意的时代,失去了许多灵魂,失去了许多自然,失去了一场又一场轰鸣的交谈。护拥着老厂房的,除了硕大的黄葛树、锈迹斑斑的铁门、肆意爬满围墙的杂草,就只有清寂。

　　看厂房的老人喃喃自语:机器沉重,工人不以为苦,机器消失,好多人觉着苦。两只狗从门缝里爆发出"闲人勿进"的高亢叫喊声。这叫声划破晨曦,一些微光从山上斜照下来。你闪进侧面的小巷。

四

　　这是通向东山的小巷。

　　两侧是高高的围墙。一面以石砌,一面以砖砌,皆有青苔,连水泥路面上也有。条石围墙上突兀地长出一棵黄葛树,根须向下延伸,铁爪般紧紧抓住大地。部分枝干斜伸出来,温婉地倚靠在砖头围墙上。树荫修蔽,天空只是枝叶间透射出的亮光。如果不走近,所见便是小巷的尽头。穿过小巷,有一条隐秘的山路,穿过台阶陡峭的登山步道便可抵达东山。

　　此时吹过一丝清凉的风,你产生一些幻觉,仿佛这是你熟悉的村庄。你把充满冒险的童年葬在这里,把浪漫的青春葬在这里,把失去埋在这里,把得到埋在这里。那么,你为什么来这里？

你知道，这不是一条小巷，而是一条时光隧道。更远的，没有尽头。

五

每一座山都是自然的力量在大地上的印记，是无数生命诞生与消亡的见证者，有着洞察自然与人性的通透。

你曾无数次远远地凝视过东山。在世界安睡的清晨，或是大雨滂沱的午后，或是沸反盈天的夜晚。

东山不高，你只需平视。东山很小，整个山体方圆也不过几平方公里，可一眼观尽。东山四周峭壁环绕，山顶平坦，整座山像一只瘦弱的猫趴在江边，挡住江水东去的流势。

你与东山，就那么对峙许久。"山不来就你，你便去就山"，此刻，你站在山脚，却望不见山。

六

你来，或者说，你回来，你便成了东山的一部分，哪怕以一粒尘埃的方式。

山路是东山的骨骼，曲折但坚韧。因为山路陡峭，阳光从山顶斜洒下来，穿过密林，空气里扬起混合的草木香。

你常听老人说，明代有堪舆风水之士提出在山顶慈恩寺建塔，开天地之元气，壮合州之文风，于是便有了"彩笔铜龙，欲冲霄汉"的文笔塔。那个仅存于旧日书籍图片中的白塔，在东山慈恩寺矗立三百多年之后，在二十世纪六十年代消逝，连同慈恩寺一起。每每想到此，安德烈·纪德便会告诉你："不要同情心，纳塔纳埃尔，要爱。"

这世界每天都生产尘埃，也生产如尘埃的秘密。

七

山路孤独，和你一样。你每向上攀登一步，仿佛就更接近东山的心脏。

而此刻，你站在蜿蜒的东山腰间，平静过太久的心脏，热烈地跳动。浸透过黑夜的眼睛，明亮而开阔。蓝绿色的江水在大地上匍匐着前行，腐朽的树桩上滴答着露珠，偶尔的一声鸟鸣划过空寂，唤醒黑夜中不曾谋面的阳光，唤醒大地上沉睡的火焰，一丝丝一缕缕的暖意涌出，整座山仿佛被激活了。

你伫立在光芒中心，没有堆积的繁芜，以尘埃的形式，被光芒悬浮。这是你从未有过的感觉，未及山顶，不见众山，却如此身轻如燕。

在山路最陡峭的部分，遇见一位老人牵着一个小孩一步步下山。你们没有交谈，或者你们已经用眼神交谈过了。老人走向晚景的下坡路，是小孩走向希望的路。多年以后，当小孩回望这段路，不知是否如你这般，被滚烫的红尘放逐后，沿原路返回。

八

你在攀爬,风在逆你而行,密林在伸着懒腰轻轻摇晃,世界仿佛以流动的脚步与你相向而行或背道而驰。大自然的世界里,生命安宁地活跃着。

只是,东山依然在这里。和速朽的事物相比,它有笃定的安稳,像每个人无边的精神世界,是与现实无关的异乡。

远看东山,你清楚它的轮廓。走进它,你看不清它的轮廓,却能触及它的心跳。这种心跳,和你的脉搏同频。

九

起风了。先是似有若无的几缕,接着是成片的振臂欢呼,带着石头的秘密、流水的旋律和大地的辽阔,带着庞大的群体生命的呼吸。太阳隐匿在云朵背后,默默地收起耀眼的光芒。风声在密林间留下韵脚,所有的草木便开始呼应。接着,雨声起,风又轻微了些……

这突如其来的风雨,让万物舍弃了肉身的废墟,让魂灵都柔软了下来。

你站在东山绝壁处,看所有你埋葬过的事物,被风雨浣净。

城市的缝隙

仲夏时节，热空气快要沸腾的午后，我又一次来到江城这条老巷，像去探望一个很老的朋友。无论我离开多远，他永远都站在原地。

老巷隐匿于城市一隅，原是城市登顶望远的必经之巷。现在，它被林立的高楼包围，成了这座城市的一条缝隙。城市越来越繁华，这条缝隙越来越苍老、瘦弱。百余米的旧石梯，蜿蜒着伸向小山口，伸向古老的城门。穿过这条缝隙，就远离浮华的闹市，却也更抵达城市的内心深处，老巷孤独、安宁、慈祥且坦诚，静默地守护着一座城市的记忆。

老巷的入口十分隐秘，一进入人就魔术般消失。炽热的阳光下，我发现新增了一块蓝色路牌，是更多的人开始怀旧了吗，又或许是之前都未曾留意？我担忧增加的路牌会让老巷沦为闹市。我侧着身走进老巷，才知道我的担忧十分多余。这老巷依然是空巷，和数年前一个人惊喜地穿过老巷登上山口的情形并无二致。

老巷的两侧，一侧是板楼，一侧是用条石修葺的古宅庭院。阳光斜照进来，石梯和斑驳的墙面一半阴暗一半明亮，明亮的地方闪闪发光。我走在阴暗处，瞬间就丢失了影子。如果说影子即灵魂，我可以暂时做一个空心人。可是老巷呢？老巷的影子早已扎根在这座城市，在阳光灿烂的城根下，在霓虹摇曳的宁静处。

老巷中段有一棵树龄几百年的老黄葛树，像坐在村口的耄耋老人。它树干粗壮蜿蜒，满身皱纹。它悬根露爪，古态毕现。有风吹过，老人迟缓地摇着苍郁的蒲扇，用蝉鸣呼唤着谁的小名，有没有人应答，与其无关，偶尔停顿，继续呼唤。

我坐在老黄葛树下，坐在它巨大的阴影里，重新认识老巷。被时光的风雨摩挲过的石梯，破旧中带着温润，温润中挂满苔痕；川东民居的大木门一扇扇紧闭着，仅从门前石梯的光滑度，可窥见曾经的门庭若市；蜘蛛网一样的电线挂在古宅破落的墙面，我不知道它们有没有思绪，会不会从灯光下老人的皱纹中感到欣慰；更高处，是古宅木质的屋檐和繁盛的杂草，依稀能看见曾经的富足；最高处，天蓝得没有一丝杂质，纯净，高远，比逝去的旧时光更远。无人居住的老巷，是一个空巷，烟火气在别处。

有人说老黄葛树就是菩提树。我确乎听到过它讲故事，用它自己的语言，用我能懂的语言。它是老巷的见证者，一寸一寸地拼命生长，用根牢牢地抓紧土地、石梯和墙面，看着巷子一天天从繁华到空寂，看巷子的人一个个走出去，看走不出巷子的人一天天衰老……我突然觉得，现在也许只是老巷的盛年。历经丰沛的人生，褪去浮华的外表，回归朴实的内心，就这样走向不知所终的暮年。

其实我从来都不属于这里。老巷并没有我的故事，没有我的童年，也没有我的同伴，更没有我的生活，不应该有类似情怀的东西。我是一个漂泊者，一个偶尔驻足老巷的过客。我和老巷之间，永远保持着彼此陌生又熟悉的关系。我敬畏老魂灵般存在的老巷，老巷接纳我贸然的闯入。

我第一次无意中闯入老巷，是在一个冬天。因少年时期拥有了第一个相机，一个胶片相机，便开始四处猎奇寻宝。暮冬的老巷被一层又一层的雾气包裹着，苍白萧条。能见度低，没有高空的视野，老巷更显逼仄。老巷是真的老了，五六百年的光阴，将石梯鞭打得圆润和支离。少有人走，所以条石上布满青苔，石缝里缀着不知名的野草，仿佛只有这样，老巷才有了生命的迹象。老巷看似幽深，其实不过百余米，我却感觉走过了漫长的几个世纪。登顶至古老的城门，风招摇而过，老巷平添了些许清冷和皱纹。我想到"垂垂老矣"，这暮冬的老巷，也仿佛是老巷的暮冬。

我惊异于老巷的老，老得空旷而荒芜。胶片数量有限，每一次按下快门之前，我都要斟酌良久。"被限制"的拍摄，让人与入镜物有更多的对话。蜿蜒而上的石梯、杂乱的电线、烟熏过的旧窗、破败的木门、锈迹斑斑的铁锁……它们在讲述那些辉煌的岁月，那些牵着家长的手走入学堂的孩子，那些饱受风霜的守城将士，那些登高望远的诗人，那些院落里操持锅碗瓢盆的主妇，还有那些出走一生再没回来的邻居……在等待照片的日子里，那些对话又更鲜活了些。

时代更迭了，相机迭代了。不知从什么时候开始，对于霓虹灯下成长的都市人，去古镇逛古巷成了最热门的旅游时尚。于是，仿佛一夜之间，许多城市的古镇古巷都修复翻新了，还从保护变成了"量产"，"无中生有"了许多古镇古巷。

我也跟着时尚走了好多古镇，逛过好多古巷。仿古的木制建筑、精致的青石板路、红红的灯笼、各地均有的手工摆件、琳琅满目的各色小吃……

当古镇古巷越来越同质化，人们想要回去的故乡，最后都成了最熟悉的异乡。我又带着单反相机、手机去拜访过江城老巷数次。我们总是需要用过多的比较来证明内心所向，我杞人忧天地担心老巷被人遗忘，仿佛我是老巷唯一的朋友，一旦我忘记了老巷，它就不复存在了。

很欣慰，老巷依然是我熟悉的空巷子，除了季节变换，老巷仿佛已被按下岁月的暂停键。或许，老巷才是人间清醒，从不思考盛年或暮年，它只是深谙老子的顺其自然之道。也许，每座城市都需要这样一个空巷子，将宁静赠予内观者，将故事讲给孤独者，将孤独赠予岁月，让不变比变更让人着迷。

离开老黄葛树，我走向老巷的最高处——古老的城门。城门之上，藤蔓植物爬满沧桑的城墙，阳光打下来，赐予老巷一顶金色的桂冠，辉煌灿烂，光彩耀目。此时，汗水滴进我的眼睛，有点刺痛，像泪。

一树繁花

在一个阳光温暖的早晨,我觉察到春天来了。在桃花、李花还未盛开之时,一树晕染着玫红色的繁花开在一片银装素裹的绿植里。柔和的微风轻轻晃动,层层叠叠的花瓣随风应和,在阳光下有让人不忍触摸的柔软。太阳隐匿在高楼身后,湛蓝的天空下,繁花闪烁在明明灭灭的光影中,有一种绝无仅有的美。

这景象让我恍惚,仿佛我从睡梦中醒来,睁眼即见海上明月。

搬来这个地方已近两年,那棵树也不是新移栽的,去年我有没有见过这满树繁花?为此我打开手机查找去年春天的照片。几张满树玫红色繁花的照片在众多绿色图片中很是显眼。对比一下,是相似的繁花,是同一棵树。去年见过,记忆却已被删除。

这些年拍过太多的花,桃花、李花、梨花、玉兰、郁金香……成片成片地开在乡间或花园。它们是春天的眉心花钿,随时随风舞新曲。我却极少单单关注一树繁花。

突然想弄清楚它的真实名字。或许因为一丝愧意,为那些被我忽视过甚至连名字都不知道的事物。为此我蹲守了两天，等待花匠的出现。

　　后来的日子，每当路过那树名叫朱砂梅的繁花，我都会停留一会儿。清瘦的树枝斜出树干，花瓣一层叠着一层，从花心里慢慢渗透出明艳的红来。有时鸟雀在枝头跳跃着，又飞走。有时路人会拍几张照片，又离开。有时风吹过，地上就零落了一些花瓣。我心里默念过许多漂亮的句子，仿佛都说不出口。

　　这样的日子持续了半个月。

　　一天夜里，狂风大作，接着暴雨如注。我忙着关好孩子房间的窗，收好阳台上的衣物，然后在雨声中沉沉睡去，一个梦都不曾有。

　　第二天清晨，当我再路过那棵树，一夜间繁花褪尽，花枝分离。树枝一下子老去，状如冬日枯态。所有花瓣都落在红色塑胶步道上，有的花瓣依然红若朱砂，有的只晕染了部分的红，显出大部分的白……我知道，过不了一会儿，它们都将被装进环卫工人的垃圾桶。

　　这注定是一个潦草的春天，美的来去都让人猝不及防。

以爱之名

到一所偏远的中学复读。说起来羞愧，开学考试分数太难看，以至于本校复读班都不肯收。我妈便给我找了个古朴的学校复读。说古朴，也可以说破旧。成绩差的人是被选择的，没有挑肥拣瘦的权力。我还是欣然前往，并暗下决心：一定好好学习，天天向上。

刚和同窗三年的同学分开，又去到一个完全陌生的环境，我没有像初一刚开始住宿生活时那般哭哭唧唧，甚至像一个孤勇者，狠狠地沉默了一个月。复读班的同学，每个人都铆足劲儿地拼，刷题、背书，交流甚少。班上人数不多，大家却好像不自觉被分成三类：一类是因几分之差落榜的本校复读生，是学校的重点培养对象；一类是本校成绩平平的复读生，没有太大的学习压力；还有一类是来自外校的复读生。我是少数几个来自外校的复读生之一，经过一个月的沉默与试探，与二、三类的同学熟络起来。非重点培养对象，除了加倍努力学习，便是欢天喜地地给刚刚毕业的老同学写信、回信，互相吐槽，互相鼓励。我生活在教室与宿舍的两点一线之间，偶尔出校门也只是去邮局领取信件。

班主任是新分配到校的年轻老师，有旺盛的热情跟精力，不仅希望这个班分数好看，也希望丰富大家的课余生活。比如，他会增加晚自习前的固定节目：阅读和唱歌，元旦晚会也如常举办。不记得为什么班主任将元旦晚会的主持任务交给我。在节目进行到一半时，与我同寝室的隔壁班女生把我喊出教室，告诉我，有个同学去邮局代我取了信，好奇，便拆开偷偷看了，结果发现信里有一些"不健康"的内容，于是将我的信件交给我们班主任，班主任又把信交给了校长。我说那怎么可能，学校怎么可能有这种操作？那女生说真的，他们班都传遍了。我呆呆地站在操场上，全身有些发抖，然后转身回教室继续主持晚会到结束。那天晚上，在木楼的大宿舍里，听着风一次次袭击木窗，不时发出诡异的呼啸，感觉整个木楼摇摇欲倾。

　　第二天，班主任面色凝重、痛心疾首地找我谈话，说我有一封信，他暂时保管，让我把重心放在学习上，这是爱护我，为我好。一个年轻班主任视私拆信件为理所当然，我哑然失笑。居然还能笑？班主任怒发冲冠，要我到校长那里说清楚。在校长办公室，他先是把一本书重重地摔在桌子上，然后是一通暴风雨般的咆哮，最后要我承认和同学的信件是故意损坏学校名誉。这样的情形，昨晚的风已经给了预示，我知道，不管我成绩多好，都没有任何理由，也不值得在这里待下去了。我异常冷静地看着校长："我看不起你们。放心，读完这学期，我会离开这个没有尊重、也不分是非黑白的学校。"校长青筋暴突，我转身跑出办公室，带着泪水一路狂奔。

　　那学期后来的日子，我重拾开学时的沉默。期末考试最后一天，天灰蒙蒙、阴沉沉的。考完最后的科目，我去班主任办公室。他拿出那封信交给我，我拿在手里，没看名字，更没看内容，慢慢将其撕毁，然后转身，离开。

那一学年的第二学期，我到另外一所学校的应届班复读，也是所升学率不高的学校，我也只能去升学率不高的学校。进校不久，有一天晚自习考试，我热切地等着老师分发考卷。前后左右的同学都得到了卷子，老师只单单跳过我。我只能硬着头皮小声对老师说："我还没有卷子。"老师看了看我，嘴角动了动，隔了一会儿，说："你就不用考呗。"轻描淡写的一句，没有原因。我只好站起来，离开教室，也不知道要去哪里，就绕着学校没有灯光的地方一直走，一直走。初春的夜晚，风刮过空旷的操场，每一丝凉意都浸入肌肤。我猜测了种种不发给我考卷的理由：中途入学，卷子不够？可以提前通知我不用参加考试啊！复读生不配有卷子？我也是缴费入学啊！啥时候忤逆了老师？我才刚刚入学啊！各种理由仿佛都不成立。老师后来给我的解释是，想磨炼我的意志，为我好。

多年以后，经历过很多人和事，也遇到过深深浅浅的伤害，给予我温暖和爱护的依然是绝大多数。但年少时受到的老师的"不公对待"还是历历在目。这种清晰，不需要刻意铭记，看似鸡毛蒜皮的年少小事，因为是长在血液里的疼，会伴随很长的一生。也不是恨，只是会时刻提醒自己"己所不欲，勿施于人"。所以，后来和那位班主任及不发试卷的老师在同一学校共事时，我已云淡风轻。他们如常待我，我也是。也许他们根本都不记得，一些行为或是一句话，曾经像刀子一样一寸一寸地划过一个学生的心。人与人之间，很多时候关系都是不对等的。但好的关系,是给予生命原本不可见的愉悦,而不是让人沉入海底后奋力冲出海面寻找氧气。教书的日子,我只希望我的学生,不再受到无妄的伤害,能安然走过他们的青春岁月。

看过很多心灵鸡汤:"感恩那些伤害你的人,是因为他锻炼了你的思想;感激那些让你跌倒的人,是因为他让你的双脚变得强壮……"但我从不认为那样的伤害是一种磨砺,我也不感谢伤害我的人,即便他们是以爱的名义。我只想感谢可以勇敢选择的自己,感谢没因此而沉沦的自己,也感谢可以云淡风轻的自己。

见字如面

曾经的书信，是一种远方。越过山长水阔的抵达，似一场旅行。

念初中时，异地求学，于是收到人生中第一封贴着邮票的书信。满怀期待地拆信和充满倾诉欲望地写信的日子，让枯燥时光里的交谈变得厚重而有仪式感。我有一件喜事与你分享，十天半月后喜悦抵达时，便也延长了喜悦的时间；你有小情绪跟我倾诉，待我收悉时，心事已烟消云散，或许已被另一份喜悦替代。我们的彼此诉说，也是自己与自己的另一种交谈。所谓见字如面，如与人，亦如与己。

时间长着翅膀，还带着删除键，很多记忆会主动或被动地从脑海里剔除。但我对书信有一种近乎信仰的迷恋。于是，换一所学校，就会多几个热衷互相写信的同学。后因附庸风雅，写了一些"豆腐块"上报纸，便有了一些笔友。彼此未见面的人，散落在不同地域，讲述着截然不同的故事，却总能在文字里找到灵魂的契合点。沾满墨香的信笺让生活有了可以被反复阅读的质感，让思想可以有处安放。这便是我自认为认识周遭生活之外的世界的开端。

我第一封给老师的信，写给了我的英语老师。一位喜欢穿旗袍、说话温柔的女老师。因为她的中途调离，让我难过了好久。于是第一次给老师写的信上，满满的都是思念。老师的回信支撑我度过对新英语老师的不适应期。几年后，我收到许多写给"姐姐老师"的信笺，有时是夹在作业本里，有时是学生放学后递给我然后跑开。每次打开信笺时我都在想：我的英语老师读我的信时，会是什么样子呢？

在没有网络的时代，若无鸿雁飞，生离即死别。大家换学校、换工作、换住址都可能因为信笺的不及时送达而终止联络。一些朋友，便因此失去，同时新的朋友又不断增加。来来去去，有的朋友只能陪伴你一程。有时你甚至会忘记这段旅程，但信笺上记录着。其实，即便在网络时代，那些陪你深夜畅谈的人，也会慢慢走远。我们与他人的关系，便是在不断的来来去去中，深深浅浅地交汇，然后别离。

有一档节目叫《见字如面》，在综艺界是清流般的存在。家书、情书、与友人书、与陌生人书……精选的信件跨越古今，跨越国界，内容多元，覆盖各个领域。原本私人交流的书信，经由极具艺术性的"读信"演绎，让我触摸历史的厚度，感受情感的跃动。我甚至自私到从未向人推荐这个节目，仅自己独享。

上个月，友人与我微信聊天，聊及暑假厨艺大长，甚至发出"治大国若烹小鲜，反之烹小鲜若领千军万马，岂不快哉"的感叹。这个与我通信十余年的朋友晒出我曾写与她的信笺。熟悉又陌生的字迹、信封背面胡乱的涂鸦、浓烈情绪里的文字，将我拉回一段段鲜活的岁月。很难想象，念书时两个不同宿舍的女生，在深夜奋笔疾书，醒来后从各自枕头边的信笺开启新的一天，这像极了一对热恋中的情侣。这样书信交流的日子一直持续十几年。有时是用工作单位的信纸，有时是用备课用的稿纸，有时是用旅游时当地的明信片……我们聊生活、聊工作、聊书籍、聊人性，却从不因对方没有及时回信而懊恼，也不因写过过激文字而纠结。我们从不担心对方遭遇过不去的坎，因为彼此坚信心里有花季的人，连花谢也是会欣赏的。我们几乎从不在彼此生日时发去祝福，但能感知书信里每个字跳跃的力量。我们站在彼此的生活与灵魂之间，一个不远不近的位置，彼此欣赏，共同成长。

所谓人生知己，见字如面，莫不如是！

与友人微信聊天后的第二天，我便收到友人的书信。熟悉的字迹出现在新的工作环境，就好似我不断更换工作的过程中一场不期而至的仪式。信纸被我反复折合又摊开，就像过往的时光和当下的日子被反复重合与解析。

有人说，随着电子邮件、手机短信、QQ、微信等通信工具的更替，书信最终必将消亡。说起来好像是在怀念"从前慢"的时光，有些悲怆。其实，真正的慢时光，是自己与世界的和平相处；真正的书信，大多是自己与另一面的自己的交谈。

第二辑

小城寄

她的重庆

一

醒来,从屋顶瓦缝中透进来的光线里,她知道今天的天空是阴沉的。阴沉的天空持续很多天了,阴沉与阴沉之间的区别在于她的心情。屋外有几声轻细的鸟叫,声音仿佛很远,像来自乡间最高的山头。遥远的声音让她愉悦。没有一刻犹豫,她翻身起床。

木门半掩着,屋外果然是雾蒙蒙一片。走出大门,一阵冷气袭来,她不禁缩了一下脖子。母亲正弯着腰清扫屋前的坝子,大扫把一声声划过地面,她的心情一寸寸变得欢快。母亲发现她已起床,搁下扫把,笑着进屋给她张罗早饭。和之前的每一次远行一样,母亲会让她吃得饱饱的出门。

背着简单的行李走出家门,大雾依然浓浓地弥散在乡路上。十几里的乡路,她越走越暖,踏上去重庆的长途客车时,额头甚至冒出了细细的汗珠。

车内拥挤，没有空座位，她赶忙抓住椅子靠背支撑，然后新奇地在车上张望。客车启动，她差点向后倾倒，但她像个不倒翁一样迅速站稳，还忍不住笑出声。客车仿佛就是一个供她玩耍的玩具，毕竟，她只有十岁。

她七岁时第一次走向大客车的记忆，至今清晰：牵着母亲的手，走在乡间的小路上。清晨的露珠带着好闻的清香，阳光从侧面洒下来，母亲的影子包裹着她的影子，她故意跳着往前一步，她瘦小的影子便显露了出来。

母亲拉她上客车的那一刻，她并不知道要去哪里。去哪里都好，大客车载着人们在公路上飞驰，把山和田野作物全部都抛向车后，连卷起的尘土都是另外一个世界的美好。那一路，她和客车一起路过一个又一个乡镇，途经一个又一个车站，车上的人们在摇晃中睡去又在摇晃中醒来。她觉得这客车是一个大型摇篮，但她兴奋得没办法入睡。最后，她和母亲到达父亲谋生的重庆某地。

她曾听父亲提起的重庆，是高楼林立，是川流不息，是美食遍地，是工厂，是商品，是热闹。站在乡村的小山坡上，她会常常望向远方，外面的世界可供她任意想象。而今站在这个曾经想象中的世界，她感觉自己来到了新世界。

站在重庆的街头，她贪婪地呼吸，不停地张望。街头巷尾充满了各种美食的香气，着工装的人们洋溢着泥土之外的笑容，水泥与砖头砌成的高楼比她想象的还高，玻璃幕墙反射出耀眼的光，她感到自己仿佛置身于一个巨大的梦境中。城市的气味与乡村如此不同，人、食物、空气，甚至灰尘，都是新奇的气味。

这是父亲的城市，以后应该也是她的城市。不过一个暑假,她已经对附近的溜冰场、游戏厅、旧书摊、公园、废弃铁路了如指掌。这些都是乡村没有的新奇玩意儿。她像海绵一样吸收着城市的这一切。待回到乡村,她就喋喋不休地向小伙伴炫耀,小伙伴则好奇又茫然地听着。

此后的假期,母亲忙于家务,她便独自一人去有父亲的重庆。她只需记住客车线路牌上的编号,记住中间站和终点站的地名即可。这一次,她依然独自上路,带着寒假的冷风。

客车依然颠簸地穿行在公路上,在各个车站停停靠靠,卷起一轮又一轮黑色的烟尘。她其实有些困了,但她不敢睡。她强打精神,和瞌睡斗智斗勇,比如掐掐大腿,比如听听周围的鼾声。她必须坚持等到司机师傅喊一声"戴家沟到了!",然后迅速跳下车。这不是她的终点站,她需要转一次车才能到达目的地。

她站在那个 T 形公路口,风灌进脖子,让她有些打颤。原本时隔一二十分钟的班车却迟迟不出现。她的旁边,一个七八岁的小男孩一边跳着取暖,一边说:"妈妈,好冷哦,我要去重庆城头买滑雪衫。"身边的妈妈蹲下来,捧着小男孩的手不停揉搓:"要得,我们去解放碑买。"噢,原来,她以为的"重庆城",在他们眼里,并不算"城",解放碑才算。她想,几年来一直在中间站下车,从来没去过前方的终点站,是解放碑吗?是又一个新的世界吗?她想和这位妈妈聊聊,还未启齿,一辆比之前的大客车小一些的车来了,母子俩上车走了。她站在风里,有一些失落。

到达父亲的住处,父亲赶紧放下手中的活,将手上的油擦了又擦,走过来捧着她的手,和那位母亲一样不停地揉搓。父亲的大手很温暖,她的手一会儿就热乎了,所有的凉意也都消失了。

她还没见过雪,她问父亲"滑雪衫"是什么,很时髦吗?父亲和一帮叔叔、阿姨笑着说,明天带她去买。那一晚,她做了一个梦:牵着父亲的手,在解放碑的街头,在有滑雪衫卖的商场,迟迟动不了步……

那一年,重庆下起大雪。她拥有了人生第一件滑雪衫,一件红色的,有拉链的,有光滑面料的,厚厚的,轻柔的,可两面穿的漂亮衣服。整个冬天乃至次年春天,她都坚持穿着火红的滑雪衫走去上学,她是那个村庄里最热烈的小孩。

二

该到喝酒的时候了。

当初那会儿瞧不出什么实情,她的心情自从上个礼拜三就开始迅速下滑,她感觉自己好像没有带降落伞就坐上了一架不是很牢靠的滑翔机,是选择坠落还是选择飞翔,她一直都拿不定主意。

许多时候,心情对女人来说是一种介于红宝石与黑珍珠之间的东西。它可以让什么从心底偷偷地溜走,在不经意的时刻,它又会让什么从心以外的地方晕晕乎乎地跑回来,过滤掉一些坏心情后,剩下一些颠三倒四的好心情。毕竟,好心情对女人而言是多么难求,就好像她们在爱情里求恒久到白头一样,是要挖空心思的事情。她们拼命地挖,掘地三尺地挖,一直挖到门可罗雀。

事实上她无论心情好坏,都会喝酒,尤其是在立夏立秋之间，喝酒成了她的一种生活方式。她有时甚至觉得自己在过一种小资产阶级的生活，过上中产阶级的生活也指日可待。那时，她卡上有使她无后顾之忧的存款，有一个可称兄道弟的暖心孩子，有一间并不太大的书房，有几个随叫随到的死党，有几次说走就走的旅行，她便以为自己是可以挥斥方遒、主宰命运的人生赢家了。其实她离人生赢家不过两步之遥。

眨眼又是一个礼拜三，她望着星星点灯的重庆夜空，此时，她的心情糟透了。或许是因为岁月不饶人，她想，26岁，青春已经捉襟见肘了，应该主动抓住青春的尾巴。于是她第一次一个人潜入深夜的腹地，去独自体味这座城市。

她找了这么一个理由，一个人带着遛鸟赏月的心情跑到了一条热闹的美食街。她一定想象不到，当她36岁时，会觉得十年前的自己处在多么灿烂的年纪。

在这个地势不平、索道跨江、夜景璀璨的城市，相比于听男人滔滔不绝地谈着新鲜出炉的欧元，她很遗憾没人跟她谈谈顾城和海子。所以她更喜欢一个人坐下来，安静地喝一杯速溶咖啡或是一杯没有任何牌子的白酒。

她出门喝酒时带了点现金，防盗门与门框发出的那种沉闷的声音，使她原本就脆弱的心不禁微微颤抖。她走过好几条街道后，对酒精和气氛的渴望已经散布她的四肢百骸，谁也打消不了她想喝酒的念头。她向一个写着"加勒比海盗酒吧"的玻璃门走过去。当然，这个酒吧的名字或许是她捏造的。

她常在一些有点情调的小酒吧喝开心酒或闷酒，基本是和几个志趣相投的死党。与死党的同病相怜是一种相互庇护，使她越发觉得世间只有同性之间的感情才能长存。买单的时候，她常常不由自主地在心底默默哼唱《无间道》，这是她在电脑上经常听的一首歌，她把它设置为循环播放——"我还没有结束，无止境的旅途，看着我没停下的脚步，已经忘了身在何处。谁能改变人生的长度，谁知道永恒有多么恐怖，谁了解生存往往比命运还残酷，只是没有人愿意认输。"

她最喜欢的就是加勒比海盗酒吧一整面的落地玻璃窗。它可以让她的视线毫无阻挡地扫描玻璃窗外的景致和一些看起来举止优雅的人。偶尔遇见熟人，她会隔着玻璃窗莞尔一笑，仿佛隔着玻璃的对视才是让她最安全的距离。

她选了一个靠窗的位置，稍微踮了一下脚，不动声色地坐到了一把可以随意旋转的椅子上。酒吧里一副走投无路模样的中年男子，正在吹奏一首由张学友演唱的音乐剧《雪狼湖》闭幕曲《爱是永恒》。玻璃窗对面的墙壁上悬挂着各式各样所谓的苏格兰风情画。她不知不觉就一头栽进了这种小资情调中。

既来之，则安之。她显然已痴迷到了无法自拔的地步，她喜欢这样的情调，谁也没有权利干涉她的自由。她无法自拔，也不愿意自拔，尝试自拔反而会让她越陷越深，有劲也使不上，一用劲就打滑，她仿佛陷进了泥潭的孔雀。在灯光的照耀下，酒吧里纱窗的颜色显得有点像翡翠的绿，她都产生了把它们扯下来拿到自己家里做窗帘的冲动。

她静静地坐在那儿，她是一位静心的绝对拥护者，谁也不会知道她在嘈杂环境中，心底藏着什么样的激情。她仿佛是这个酒吧的观众，冷冷地看着那些坐姿和神情都把神秘和幽远结合得密不透风的女人，那些摇摆着身体与头颅的男人。她唯一融入这个酒吧的，是有节奏地在吧台上轻轻敲打的十个指头。它们的倒影在吧台上晃动，有点像热带水草。她觉得轻轻敲打的手指好像心脏，似乎听得到心跳声与爵士乐的合奏，尽管当时加勒比海盗酒吧的环境是那样的嘈杂，那样的云里雾里。

酒吧里随处可见一对对郎情妾意的小情侣，真和假都在炫酷的灯光和劲爆的音乐下显得不足挂齿。她有时觉得感情世界实在是毫无生趣，但她常常会以阿弥陀佛的心态来看待感情问题，会对这个世界说一声善哉善哉。感情世界不过是一男一女两人之间的游戏，之所以游戏没有结束，是因为棋逢对手，或者两人坚守认可的规则。都是无聊的游戏，但人们就是喜欢玩无聊的游戏。

她在加勒比海盗酒吧待了将近半个小时，走出酒吧的时候，她才恍然意识到自己滴酒未沾，她也不知道为什么。也许女人就是这样吧，明明想要放肆一下，结果脑门上被高人贴了一道灵符，空手而归，她只抽了一根细长的女士香烟。这种香烟风格独特，口感淡雅而清新，醇和而温柔，属低焦油、低烟碱、低一氧化碳、低危害的烤烟型香烟。

她在加勒比海盗酒吧里最常做的一个动作，她后来想起来，感觉自己就像看到了一幅抽象画。她侧着身子让酒吧的灯光投射到杯中的酒水中，然后她摇晃着酒杯，看着光线在杯子上的轻微变化，她懒得分辨光线会不会因为杯中酒的颜色而发生改变。

她心不在焉地走在回家的路上，穿过一条又一条街，走过一块又一块小灌木丛，经过一个又一个电话亭。回家的路漫长得就像一条弯弯曲曲的京广线，不知何时才能带着安然的心情，畅通无阻地走到尽头。

夜晚的城市灯光因为高楼大厦，也因为路边的一些树木，透过两道防护线后被分割得东一块西一块。她的身影像一个做得很细致的 Flash 动画人物，在方寸的屏幕里行走，越走越模糊，渐渐模糊。

在这座城市里，她只剩下一个模糊的背影。

三

从书房窗子望出去，太阳耀眼得让人眩晕，看不见树叶闪动。这是重庆最明朗、也最狂妄的季节，只有空调能暂时遏制酷热。她煮着茶，听着茶壶里的声音：咕嘟、咕嘟、咕嘟……她小声念着：孤独、孤独、孤独。冒着热气的孤独煮茶声在空气里浮游。她打开书准备阅读，但很快意识到静心的可贵，因为很难心无旁骛，便又合上书。

儿子今天和同学去重庆南坪看动漫展。经不住她一连串的絮叨，早上九点，儿子只丢下一句"放心吧，肯定走不丢。"就独自出发了。

孩子向世界张望的心，总是大大超过自己周遭的世界，且大胆而热切，想去外面的世界看看，也渴望被世界看到。儿子的第一次独自出远门，动车不过二十分钟便可抵达的距离，却仿佛按下了她的回忆键。她瞬间回忆起，那个走了很远的乡路，坐上长途客车，再转车来重庆的，七八岁的自己。只是，现在角色转换，她很想知道，在没有手机的年代，在自己独自离家的时候，自己的父亲母亲，有没有如她这般焦虑。她记得在之后的岁月，每一次离开重庆远行，母亲都笑着给她送行。

孩子天真，也许因为无知，所以更愿意去接纳，去相信。人总是向往不可及的事物。自儿子三岁起，她便开始带着他四处游走，去游乐场，去长城，去海边，去高原，去雪山，去沙漠……不知道是觉得孩子需要，还是对自己的一种补偿。

她开始翻看电脑里那些带着儿子出游的照片。翻着翻着，儿子就长大了。他额头上有了几粒明显的青春痘，而她还依然记起他几个月大时脸上的红疹。被照片刻录的岁月，或许留存下来过于容易，所以人们总需要反复翻阅才记得深刻。而她那些不曾被照片留存的岁月，总是不经意就会跳出来。她记得那个突逢下雪的冬天，她穿上火红的滑雪衫，走在上学的路上，脚下踩出好听的声音，仿佛那是一种宣告：美好的世界，我来了！只是那时的她并不知道，越是时髦的东西，越容易过时。很快，滑雪衫连名带物不知不觉消失了。各种款式的棉袄、羽绒服轮番登上时代的舞台。

而在那些需要酒精的日子里，美好世界被戳破之后的荒芜，总会跳出来反驳。年轻总是激烈，爱和恨，黑和白，界限清晰。甚至，对于年轻时的她而言，那是一种绝对理性的选择。人总是有充足的理由利用自己，年幼时利用自己的天真去任性，去莽撞。那么，人到中年，应该怎么利用自己呢？

中午，朋友打电话跟她闲聊，说起在老家乡镇修缮了一个小院，养了好多花，种了好些树。朋友的声音舒缓柔和。她微微地笑着说，那个曾经数次痛哭流涕地叙说自己在深圳艰难打拼的人，已踏过万重山险，回到真正的生活。朋友说，你也是啊。

关上电脑，续一壶茶，听着茶壶里的咕嘟咕嘟声，她站起来，在书房里踱步，焦虑慢慢消失。其实书房很小，最远的距离不到二十步。这是重庆一隅，在乡村与城市之间，早已容下她肉身和灵魂的一隅。她终于安静地打开自己喜欢的书。

下午四点，儿子打来电话，兴奋地聊着动漫展，聊着密室逃脱，聊着奶茶和外卖，说他已买好回程票，晚上十点回家。她知道，他已开启了他的新世界。

慈禧老唐

老唐是我妈。"慈禧"这名不是我敢取的,是她几个孙辈娃娃私下喊的。我估摸着,这大概是老唐家庭执政几十年修炼出的不怒自威的气质所致。

前不久,我要把好不容易攒的钱还给老唐。老唐居然平淡无奇地说:"还啥子钱哦,这钱不用还了。各人拿去还房贷。"

不用还了?天,一股热血冲向大脑,突然感觉我多年的低血压得到了治愈。这话我可是等了很多年,突然听到还不敢相信。我用热切的眼睛盯着老唐:"那哪门得行啊?借钱,借钱肯定要还的。"

老唐一边收拾桌子,一边说:"你看,我现在有退休工资,还有存款,生病拿药也是刷你的卡。我拿那么多钱来干啥子?"

我稍微平复一下激动的心情,瞟了一下老唐的眼睛,忐忑地试探:"这怕要不得哦,还是要还的……"

"嘿,你勒妹崽,我说不还都不还撒。"老唐可能觉得我挑战了她说一不二的权威,声音都提高了些。

"好嘞!"我就嘻嘻哈哈地感谢了老唐。

对将钱一直攥得很紧的老唐来说,如此大方,破了天荒。本着感谢老唐多年的养育之恩的想法,我得为慈禧老唐正个名。

回想了一下,老唐自十八岁嫁给我爸后开始家庭执政。她统管家庭发展大计,在重视孩子教育、平息家庭纷争、提高家庭财政收入、搞好邻里外交、主动投入现代化建设等各方面做出了卓越贡献。

老唐在教育孩子方面拿捏得死死的。我至今记得,我的第一篇作文是老唐教我写的。好巧不巧,那篇作文竟然被老师当成范文。这对于小学一二年级考试成绩勉强及格的我而言,是天上掉馅饼砸头的惊喜。后来我考上老唐上过的重点中学,因果关系应该是这样的:老唐辅导我写出被当作范文的好作文,这激励了我,我觉得老唐、老师皆不可辜负,于是奋起直追,分数就上去了。所以老唐算我的恩师。同时,她的所有孩子全都接受了应有的义务教育,虽然这在当时,是不被赞颂而被嘲笑的事情。

在教育孩子热爱劳动方面,老唐更是使出绝招:金钱奖励。比如,排行最小的我,家庭大劳动肯定是轮不上的,但买个油、盐、啤酒啥的是没问题的。我跑一趟腿儿,不记得能拿多少钱了,但买几颗糖、一两瓜子或一块冰糕绰绰有余。所以但凡老唐派活儿给我,我都认为那是看得起我,照顾我,是给我买零食的大好事,脚尖都充满奔跑的力量。还有比赛麻苞谷。将板凳放倒,给板凳脚穿上废弃的胶鞋,把晒干的苞谷往胶鞋底上搓。这种农村人自己发明的麻苞谷"机器"很盛行。老唐以用一个小箩筐来估计孩子们麻苞谷的多少。

一小箩筐满，直接给奖金。金钱的力量是无穷的，兄弟姐妹争先恐后"打工"，要不了多久就有大筐大筐的苞谷粒了。我一个夏天不仅能挣点冰糕钱，还能存点零花钱。

老唐不仅养活了自己的孩子，还把孩子的孩子养大，没点铁血手段可不行。老唐的铁血手段就是她犀利的眼神。别看老唐平时总是笑眯眯的，很慈祥。可一旦哪个孩子犯了错，老唐先是怒目圆瞪，接着言语训斥。基本这两招已经让孩子们瑟瑟发抖，就用不着武力制裁了。所以，即使生在"棍棒下出好人"的年代，在老唐执政的家庭里，我们兄弟姐妹从未遭受"单打"或"混合双打"。

在磨盘山那个小山村，一穷二白要养活几个孩子已属不易，还能让我们家不缺吃不缺穿，最新科技也大多首先在我们家出现。老唐是如何做到的呢？我简单归纳了一下：管理好我爸。

我爸读中师时因全国闹饥荒而休学，先是在磨盘山打理一家窖纸厂（就是一个小作坊），后来不干窖纸了，我爸也不太喜欢干农活，就外出干其他买卖，只大农忙时回家。重要的是，我爸会将所有收入一分不落地上交给老唐，离家时从老唐那拿点路费，且毫无怨言。日积月累，我家从无财政赤字。

但根据老唐的自述，她提高家庭财政结余的诀窍主要是规划到位、开源节流。种植业、养殖业是当时农村主要收入来源，但邻居里吃了上顿没下顿的大有人在。经常出现我们家晚饭刚开吃，就总有邻居"恰巧"路过的情况，老唐就喊着一起吃了，也因此邻里关系很是和谐。老唐说他们自己没计划，产了粮食，用起来没有节制，天天吃毛干饭，都不晓得搭配一下南瓜呀冬瓜呀红苕呀什么的。关于种桑养蚕，老唐说的是："我的蚕茧白哟，价格高些。"所以养蚕也是我们家一笔不小的收入来源。至于节流，家里的竹类工具，全靠老唐自学编制，不用花钱买，能节省一大笔。

前几天，老唐跟我说她梦见我外公了。老唐的老家叫唐家木桥，在他们那个年代，家里一共只有两个孩子上过高小，其中一个是老唐。老唐说，外公上过旧学，也算当时的"文化人"，所以很在意几个孩子的教育。在那个农村劳动力缺乏、物质匮乏的年代，老唐是生产队里唯一上过初中的女娃娃。巧合的是，老唐读的初中学校，正是我和哥哥上初中的学校。说起外公，老唐有些动容。老唐上初中的最后一年，外公走了很远的路去看她，他摸着老唐的头说："小妹要努力读书噢！"那是老唐见外公的最后一面。

故乡客

我是陪父亲回乡的。在此之前，我已多年不曾回到父亲的故乡，一个叫磨盘山村的地方。

记忆里的磨盘山村，一个簸箕形的村庄。最高处就是磨盘山，左侧一个用来抵挡土匪的寨子，右侧一个平缓的小丘。我家就在磨盘山下，簸箕中央的田野、溪流和水渠，就是我儿时的整个世界。水渠延伸出去的地方，对儿时的我来说是遥不可及的远方。

从泥泞蜕变成高速公路的回乡路，一直畅通无阻。十月的清晨很是清冷，隔着车窗的水雾看不见星光。到达村口，天空忽然下起大雨，很急很密，似赐予我们的盛大洗礼。

这是我儿时的世界。曾经难以攀越的磨盘山，竟然其实只是一个小丘。水渠失去了灌溉的功能，已长满杂草。伟岸的香炉寨，静静地躺在山脊上，早已没了曾经的辉煌。在众多漂亮耀眼的小洋房中，我家多年未修缮的老屋，已破败不堪，周围杂草丛生，门前的芭蕉树，居然一直肆意地活到现在，并且愈发张扬了。

可是，我从不认为这里是我的故乡。

因为，我是父亲捡来的孩子。父亲说他有一次出去挑煤，看到路边的一个背筐里有个孩子哇哇直哭，大冬天的，觉得太可怜了，就把我抱回来了。回来喂了几口米汤，我就笑了，后来他也就没舍得丢。每次说起这个，母亲在旁边也附和着点头。更讨厌的是，隔壁邻居经常语重心长地对我说："你看你有姐姐，有哥哥，家里的条件根本不允许再养孩子了。你爸爸妈妈就是看你可怜才捡你回来。所以你要乖啊，多听爸爸妈妈的话啊！"每每这时，我都憋住眼泪不敢哭，但恨不得封住他们的嘴。事实上也是啊，在农村，为了生男孩，超生是常有的事。而我们家已经有男孩了，根本没有"超生"我的理由。

捡来的孩子，为了不再被抛弃，一定会努力证明自己的存在。于是，从幼儿园开始，我努力猜父亲给我出的谜语，努力和父亲玩猜拳游戏，努力认真练字，争取超过父亲……如此，成功让自己没被二次抛弃。

待自己稍微大一点，我似乎不再害怕被抛弃，却想要抛弃那让人忐忑不安的村庄，想去看看外面的世界，看看儿时无法抵达的远方。于是之前成绩平平的我，在小学六年级拼命学习，终于有了初中时走出磨盘山的求学机会。

世界一下子在我面前打开，我有些措手不及，但更多的是欣喜。我计划一步步脱去磨盘山的乡衣，摆脱那些记忆中的可怜与嘲弄，摆脱那些深夜里的不安。

于是我开始叛逆起来，认定这世上只有亲密的同学才是温暖的亲人，日记里满满地记录着村庄的狭隘、村庄的冷漠。那时的母亲，没少流泪和叹息，邻居也没少指责和数落我。我依然故我。

因为，磨盘山不是我的故乡。一个没有故乡的人，到哪里都是流浪。

我记忆里的乡路、乡趣、乡亲，都只是一些断章。我从那条水渠走出去，就丢失了磨盘山的一些段落，童年无法形成一篇完整的文章。

机缘巧合，我考上了父亲曾经就读的师范学校。彼时，我已完全明白"你是捡来的"是那个年代父母逗孩子的最大的谎言，也早就不在意自己是否由父母亲生，也早已告别了叛逆的自己。我静下心听父亲讲他第一次去师范学校的故事，步行，乘船，步行，中途需在同学家住一夜。所以他永远记得那个让他借宿的同学，虽然那个同学已生病去世。我还听父亲讲自己半工半读的学习生活，讲那些有趣的老师和同学，看他被回忆照亮的眼睛……冥冥之中我就走上了父亲曾经走过的路，想象着我们走在雪地的情形，我踩着父亲的大脚踩出的一个个脚印往前走着，那是一种比血浓于水的亲情还让人踏实的温暖。

待我工作后，母亲为了照顾我，一直随我生活。后来父亲结束和母亲的两地分居状态，来到我们身边，因为我的工作变动，全家不断搬迁。父母亲偶尔会回去看看老屋，看看老友。而我常常以忙碌为由，极少回磨盘山。

两个多月前的一天，天气异常热。我拿着医生给我的父亲的肺癌诊断书，认真看完，小心藏好，带父亲走出医院。我笑着跟他说，肺气肿呢，得戒烟了。父亲笑着说只要不是癌症，都不算什么病，烟还是可以戒。外面阳光强烈，一下子就刺痛了我的眼睛。

2017年10月12日，气温极低，大雨下得异常迅疾，我陪父亲回乡。磨盘山的清晨除了锣鼓声、雨声，似乎万籁俱寂。村里的老人与小孩陆续出现在我们面前。我依稀记得那些老人认真逗我的表情，记得他们曾经走路的姿态，但不知道何时他们的脊梁已弯曲。一个戴着毛线帽子的小孩躲在老人撑着的伞下，定定地看着我，我似乎朝他微笑了，但我没有糖果，无法拉近和小孩的距离。虽然，我曾经也是一个小孩。

而今，我的父亲安详地躺在老屋前的墓地里。墓地的泥土在大雨里变得异常冰凉，我掬一把泥土给父亲，这泥土，带着童年青草的香。

我知道，从此，我有了故乡。

重庆二哥

二哥看我在朋友圈晒大鱼大肉，立刻问我什么时候请他吃饭。我大笑说，随时请。这话，我对二哥是经常说，不过我买单这事，在我们多年的革命情谊里从未发生过。谁让他是土豪呢？学渣变土豪的概率，大约不高，二哥是这概率中人。

所以不得不提中学那点事儿。那时，二哥是隔壁平行班典型的学渣，我是尖子班典型的伪学霸。抱团发展据说是共享经济时代的需要，二哥他们那帮学渣当时就学会了：八个情深义重的同姓男生一拍即合，按年龄排行，一个男团应运而生。我的优越感在于刚好跟他们同姓，而且是唯一的女生。所以大家可以脑补一下一群招摇过市的男团中一个女生昂首阔步的样子……

二哥虽是二哥，却有带头大哥的气质。他长得人高马大，皮肤黝黑，有重庆男生的耿直，有江湖中人的匪气，说话喜欢 45°下巴上扬，还硬生生学会一两种乐器。这种男生，身边围绕着一帮兄弟伙，还有时下常说的"迷妹"。只是遇到较真的老师非得要他交作业时，他就找我要答案，挂在嘴上的话是：这些东西，我也不认识它们，它们也不认识我，没什么交情，你来处理合适一些。

要把中学那点事儿说完，三天三夜不合眼估计也是不够的。虽说是可以在学校螃蟹式横着走，其实这帮人也给我带来了一点麻烦。校长跟班主任那时认为我还算可造之才，不能跟着一帮坏学生瞎混（重庆话叫"豁"，现在发觉重庆话真形象生动），所以隔三差五把我叫去办公室。发现语重心长的说服教育效果不佳，又勒令我走读。好吧，走读也挺好的，晚自习完了，二哥带着一帮人，嗑着瓜子，一路护送我回家，顺便看看家乡的夜色，生活真是美好得无以复加。

好景不长，校长和班主任再次出手，在家长会上，他们以我为反面教材，认真论证"近朱者赤，近墨者黑"的观点，其中不乏杜撰的一些故事。这促使我直接跑去跟校长正面理论。最终结果就是：没有结果。其实校方永远不知道，那么多校园打架事件，但凡二哥介入，双方一般都握手言和。除了跟书本不热络这个基本缺点之外，其他人干的偷鸡摸狗、欺负弱小之事，二哥从来不干。而且，二哥简直成了我爸妈的好帮手，我也礼尚往来地成了二哥爸妈眼中儿子学习的榜样。

二哥这个跟书本不亲的人，后来去了沿海。说起来有点不好意思，他去沿海打工，是为了一个女生。几年后，我教书，带着一帮孩子玩儿。二哥回来了，让我叫他旁边的女人嫂子，并介绍说我是他最亲的妹妹，还让我去他的餐馆吃饭。

我满心疑惑地跟着他去吃饭，嫂子主动消失后，我问他："六年"呢？二哥一边倒酒，一边慢条斯理地说："她让我等六年，我等了五年零十一个月，够不够？最后一个月，老子不等了。为什么？用五年多证明自己的青春，用一个月找回自己的尊严。"我慢慢伸出手，哗哗地鼓掌，再慢慢倒两杯酒，"哐当"碰杯干掉，然后听他漫长的沿海奋斗史。

好了，二哥回来了，我又可以横着走路了。除了二嫂的小眼神儿有时让我略为不愉快之外，一切摆不平的事情，二哥都给我处理得妥妥的。我常称二哥为"万金油"，所谓万金油，就是说这个人什么都懂一点，特别受欢迎，如清凉油一样让人感觉清爽怡人。世俗说法就是：左右逢源。二哥有句名言：除了违法犯罪的道路不走，其他路都可以试试。所以他的生意涉及的业务范围极广，做得风生水起。

对于一个肺爆过、腿瘸过、手断过，还活得十分精彩的可怕生物，二哥每次喝酒必定提及："你是我借钱时唯一直接给我银行卡的人。"

世事无常，人生总会发生不可预知的事情。一场沉痛的灾难后，我换了工作，去了一个完全陌生的地方。除了家人，二哥是第一个绕道都会过来看我的人。某次二哥开车过来，照例一起喝酒，二哥有些欲言又止。这江湖中人，怎么这么扭扭捏捏？我嫌弃地说：能不能直接点？二哥倒满一杯，猛干，然后说：二哥现在缺钱。我转头翻包，掏出一张银行卡给他：穷人，没积蓄，工资卡。二哥再倒满酒，又一口猛干，也不说个"谢"字。后来我得知，二哥离了婚，负了债，我那点工资简直杯水车薪。不过我直接打电话由衷祝贺他，还欢快地给他唱：解脱，是肯承认这个是个错……

后来每次一起吃饭，不管人多人少，二哥必定提及这个事情。我有时会捶胸顿足：酒真不是个东西！我这么葛朗台的一个人，怎么会轻易掏出银行卡？

二哥这种除了违法犯罪其他路都愿意试试的人，很快在我们的家乡试出了新路子，还找到了新嫂子，生活继续有滋有味、乐趣繁多。偶尔遇到家乡的朋友，听他们讲起二哥的种种传奇故事，他因为把假药贩子赶走，而获得老百姓的追捧；他为清洁工出头而被拉去问话，之后十几个清洁工去请愿放人。每每这个时候，我总是笑而不语。我心中的二哥，一直都是这个样子。

　　在这个阴雨的下午，我敲出了以上文字。晚上九点，正准备伺候儿子睡觉，二哥的电话来了：今天空不空？我这边饭局结束了。我小声说：你在外面淋会儿雨，半个小时后等我电话。

　　半个小时后，我跟二哥相聚在我家楼下的烧烤店。我兴奋地说："我下午正在写你啊！""我有啥子好写的？"我们异口同声。我就知道他会来这句。

与　江

这是我从北城搬到南城后的第十五天。

我每天步行上下班，沿着嘉陵江，用脚步丈量一座城市。即使踩着的是柏油路或水泥地，走路仍比坐车飞驰感觉踏实。清晨，沿着嘉陵江向西步行，傍晚，披着夕阳回家。我和我的影子呈90°夹角，等长，像两个相依的自己结伴同行。风从江上来，带着江水的微澜和亲昵，将时光的卷轴打开、拉长，慢慢回放。

此前十余年，我住在北城，涪江边。寻找一个家园，失去一个家园。从陌生到熟悉，从熟悉到失去。记忆在涪江的高处晾干，晾干了又再次潮湿。

先是住在简陋的出租屋。没有空调的出租屋，到了夏天犹如烤炉。白天忙完，晚上在江边来来回回地走。累了，买两碗冰粉，或是两瓶啤酒，坐在涪江的长堤上，望万家灯火，感叹着：这座城市里何时才有属于自己的那间房？有时渔船经过，幽微的灯光在江面上轻轻摇晃，像梦一样迷离恍惚。

为了拥有属于自己的那间房，我一直赶路，忘记了这座城市四季的模样。直到孩子出生，我终于搬离了出租屋，在涪江边，在城市中央，终于把自己安顿下来。搬家时是兴奋的，似乎江水都在欢腾，我奔上七楼，连喘气都带着幸福。

孩子尚小，上班前抱着他在江边散步，我的眼睛只有两个去处，一是看孩子的脸，二是看路。待孩子稍大一点，下班后领着他在江边跑步，大汗淋漓后，我们常忘记自己身在何处。

父亲母亲打造了楼顶园子，一茬茬的枯藤被清理后，一茬茬的果蔬热烈生长。父亲打理着他的两大罐酒，从未让罐子空着。我们隔三岔五陪父亲喝酒，每当这时，父亲就心情大好。也许，酒的温暖唯有爱酒之人才能体会。母亲打理着她的几个咸菜坛子，酸萝卜、酸豇豆、泡椒、酸菜……应有尽有。我喜欢吃母亲做的酸菜鱼，且只吃里面的酸菜。所以母亲每次做酸菜鱼时都特意多放酸菜，笑着看我吃完。他们的生活似乎在这个年纪才得以绽放。为了这热烈的绽放，我带着他们去旅行，去看山，去看水，去瞻仰属于他们那个时代的精神偶像。

季节更迭，有多热烈的夏季，就有多凛冽的冬天。孩子在成长，父母在老去。父亲越来越老了，爬上七楼的速度越来越慢。江边的风云冷峻，期待的奇迹没有发生。父亲走了，走得很平静，无法平静的是他的孩子和我的母亲。他还没有等到我换一套不用爬七层楼的房……那个冬天，我们仿佛生活在一片雪原。烈酒也温暖不了的雪原。

高高的堤坝和围栏把我与江水隔开，我分不清洒向江面的光，是来自远处的星辰，还是这城市遗漏的。我看不见云，它们在更远的远方。

十余年前，住在渠江边。生活之于我就是追逐和奔跑。

很多时候，我和一群伙伴在渠江边儿上撒欢，有时打水仗，有时玩沙子。我是旱鸭子，只能站在岸边，看他们游到江水深处。江水将自己揉成宣纸，供我们泼墨。稀疏的林子无法为我们遮阳，晒得肤色黑亮的我们常常躬下腰寻找那种小的、扁的、圆滑的鹅卵石。我把一些梦藏在其中，看水漂儿像蜻蜓一样点着河水奔跑。江边的草因为水的滋养而变得翠绿，散发出的清香，弥漫于我的童年。

渠江大多时候是静的，默默养育着沿江的祖祖辈辈。渠江也是活泼的，载着一些人的梦想，带他们抵达彼岸或更远的地方。我的梦也随着渠江流动，走出乡村求学，我欢欣雀跃。报名那天，我哭着让母亲陪我挤在学生宿舍住一夜。次日母亲准备离开，我转身抽泣，一只手抹不完眼泪，换另一只手继续。母亲哭着，笑着，跟着我"左手右手一个慢动作"……童年的记忆，大多是片段，需要一遍遍询问母亲，再由母亲笑着叙述完整。

那时学校很大，教室很挤，宿舍很闹。天空的云朵，很高，我还来不及看清它们的模样。

而今，我搬到了南城。在孩子小学毕业典礼结束的当天，马不停蹄地搬离。搬到嘉陵江边，再也不需要爬七层楼了。母亲有诸多担忧与不舍。她担忧找不到路，担忧附近没熟悉的人。她不舍老房子楼顶可以一季季更换不同果蔬的园子，不舍那几个无法搬动的咸菜坛子，更不舍的，应该是住了十余年的屋子里熟悉的气息吧。但母亲又是兴奋的，早早地打包好自己的物品，一次次催促我们。也许，她也在向一段时光告别。小孩子敢于舍弃，几大筐的玩具，只带走了最近买的那一个。除了常用的物品，我带走了父亲的两罐酒。偶尔喝点，心里温暖。

江城三江汇流，渠江、涪江、嘉陵江，裹挟着我所有的时光。它们一路追逐，汇集至嘉陵江深处，然后奔流向长江。我想，江水奔流的乐曲中，应该有江边的人们迁徙的脚步声。

清晨，我把头伸出窗外，清凉的风拂过，空气里有好闻的味道。林立的高楼远处，绿色的小丘上有些许云雾缭绕，让这座城市柔软了起来。大暑时节，浑黄的嘉陵江蓄势奔流，水位有上涨的迹象。江水更远处，黛青色的云在缓缓流动。闭上眼睛，仔细听，我听见江水在舒缓地流动，那是我与江，交谈的声音。

不要等河流醒来

许多年前，我住在渠江边的一个乡镇。夏天涨洪水，我跟着大人爬上磨盘山，看浑浊的江水滚滚而下，觉得那是一场盛大的表演，全然意识不到它对农作物的危害。后来，我顺江而下，离开家乡，出去念书，依然在渠江边，却有了摆脱了一眼可望穿的生活的快乐，仿佛下游和上游的渠江已不是同一条河流。

关于江水的记忆只剩下一些片段，比如周末的岸边野餐，沿河回家的遥远。那时父亲在重庆谋生，假期我便常常跟随父亲待在重庆。城市的烟尘与繁华早已盖过野餐带来的欢乐。当公路从城市不断延伸，在我心里，渠江已悄然沉睡。

多年后，在看过长江的逶迤宛转、黄河的气吞山河、雅鲁藏布江的声势浩荡、金沙江的波澜壮阔……我落脚合川北城涪江边，开始关注河流的走向。

我喜欢在卫星地图上看合川：嘉陵江一手挽着左岸最大的支流渠江，一手挽着右岸最大的支流涪江，三江携手前行汇入长江。我竟然产生刘备、关羽、张飞"桃园三结义"之豪情的联想。它们岂止肝胆相照，完全是血液相融。

于是我和一群驴友计划徒步合川境内三江。

每个周末,我们从合川城区出发,沿江而行,豪言要用脚步丈量三江。在一个炎热的夏日早晨,我们沿着涪江徒步,路过了许多村庄,华丽小楼与废旧木屋相间的村庄。村庄早已不是印象中的样子,许多地方人去楼空、杂草丛生。我们把帐篷搭在村子里,村民同情地看着我们简陋的装备,热情地邀我们进屋吃饭,我们委婉地谢绝,但喜欢和他们聊天。夜晚的村子繁星点点,虫鸣蛙叫,寂静又空旷,一些童年的记忆似乎被唤醒了。徒步三江的计划止步于太和镇。隔江遥望对岸,是潼南。

我知道渠江也一样:将乡野的人们送到城市的腹地,荒芜了一个又一个村庄。时间有时是一把荒诞的尺子,衡量着文明的进程,也衡量着找寻的过程。一种是向外、顺势前行,一种是向内、寻找自己。

前几年,合川沿渠江修建绿道,计划从合川主城一直修到涞滩古镇,全程数十里。作为拍摄工作人员,陪同考察的我们乘船逆江而上。这条我曾肆意离开和忘记的河流,蜿蜒穿行在乡野间,岸边绿植丰饶,炊烟缭绕,随风飘来阵阵果香。

2016年,首届重庆晚报文学奖在合川举行颁奖仪式。王明凯、傅天琳、蒋登科、大窗等重庆文坛大家都来了。我乘船陪同重游渠江。大家在热烈和兴奋中看一江碧水、两岸村庄,拍照记录,回忆着自己的家乡以及文字里珍藏的故乡。四月细雨轻轻落下,出生在合川的大窗老师说,以前的渠江声势浩大,和现在平缓的它判若两江。站在甲板上,我有些恍惚,我的文字几乎不涉足故乡,仿佛我从不曾有故乡。

曾经跟朋友讨论:渠江汇入嘉陵江,为什么这条交汇而成的河不能有新的名字而依然叫嘉陵江呢?只是从一条河流到另一条河流，它难道就失去了被命名的权利？我们是在卢作孚广场讨论这些没有答案的愚蠢问题。

卢作孚先生的青铜雕像近六米高，他把目光投向远处，看着涪江的水缓缓流过。

那时的作孚先生坚信，"航运是一切事业之母"，他从上海买来小轮船，开启了川江航运旅途，完成了长江上游航运界的整合。那一段与民生与河流相关的岁月，作孚先生不仅在战争年代完成了中国的"敦刻尔克大撤退"，也完成了由嘉陵江到长江、由长江到大海的航运发展蓝图，在顺应民生的走向里抵达辉煌，又在凶猛的时代洪流中走完一生。

而此刻，我与作孚先生如此接近。我居住的小区在涪江二桥下，沿着滨江路步行几分钟即是卢作孚广场。广场上的浮雕文化长廊我抚摸过无数次，看到余复光、于成龙、李实等历史名人，合州川剧文化、合川历史知州、历代进士、漕运文化等内容。我也曾步行至文峰街，看涪江与嘉陵江汇合处，只水波微澜，远没有渠江与嘉陵江汇合处的泾渭分明，仿佛它们原本就是同一条河流。

人类文明源于河流文化。

尼罗河文明、幼发拉底河和底格里斯河流域的两河文明、印度河文明、黄河文明，这些大河文明与人类文明息息相关，是人类文明的源泉和发祥地。这些原本只是储存在书本里的信息，现在开始一点点在心里融化。2017年，随我一起生活的父亲因病离世，他曾经唯一的愿望是回到家乡，回到渠江边，磨盘山下的老屋。我们带着父亲回去，山河静默。

就在那一刻，我突然觉得有了故乡，有了对山河的眷念。那座矮下去的山，那条深下去的河流，那条已失去灌溉功能的水渠，以及老屋背后那片依旧葱郁的竹林，像一帧帧定格的画面，回放着一度被我遗忘的童年。

去年，我从合川北城搬家到南城，住在嘉陵江边，突然发现，冥冥中我一直跟随着三条河流的走向。这让我莫名欣喜，就像一段剪不断的关系，给予生命某种不可见的形式。仿佛一种生长，在非虚构的生活里，有了一些虚构的特性，这种特性来自观看的方式。

我常常站在阳台，看附近的窗口，想象一个个故事的发生。隔壁左边的房屋没人入住，常有房屋中介带人看房，有时是一群人对房子品头论足，有时只有中介热情推介，看房人则看着阳台外平缓流淌的嘉陵江。侧面的那个窗口，玻璃窗上贴着大红"喜"字。周末早起的清晨，会看见一个长发女人，穿着蓝色长裙，坐在钢琴前弹奏，但我从未见过她的家人。更多的时候，我沿江步行，看滨江公园里漫步或舞剑的人们，看在草地觅食的群鸟，看嘉陵江水的走向。江水原本直奔东南，受东津沱白塔坪的阻击，以撞了南墙须回头的姿态，掉头向北流去。

这个冬天时常有暖阳。元旦假期，带着家人爬山，爬上白塔坪，俯瞰合川，不知谁喊了一句：看，这就是朕的江山。全家人笑闹着，一弯碧蓝的嘉陵江水在冬日暖阳下微微泛波。

全家人的情绪都舒放开来。一弯碧蓝的嘉陵江，在冬日暖阳下微微泛波。远处，所有的高楼矮了下去。更远处，南屏大桥像一条线，牵扯着两岸。

嘉陵江水，裹挟着渠江、涪江，也裹挟着我的成长岁月，一直在平缓流淌。和时间一样，它流淌的形式近乎静止，却从来都不曾沉睡。

最后的城门

深秋,没有阳光的下午,雾气环绕中,城市有沉沉入睡的迹象。我驱车从重庆合川南城行至北城,来到这里。

萧条的巷子,光滑的青石梯,间或有苔藓和青草,风化的石墙,间或着补修的砖墙,老旧的电线牵扯着左右的人家。梳子草在墙上安了家,一半已枯萎,一半还在认真地绿。苍老的木门上,锈迹斑斑的锁环上挂着崭新的铁锁。

时光在这里神奇地转弯,只一巷之隔,外边是车水马龙、人群熙攘,里边是荒芜与陈旧。我像是一个贸然闯入这个世界的旅客。

这条被称为"瑞映巷"(也称瑞应巷)的巷子位于半山腰,总长不过百余米,因为有转折,似乎又增加了长度。巷子中间稍宽阔的地方,原是古合州总神庙,卢作孚先生于1926年借此兴办电灯厂、自来水厂。

斑驳的绛红色木门依然壮观,墙头野蛮生长的绿茵,墙面的剥落与残败,给时光打上深深的烙印。它像一封老信笺,记录着一座城市走上工业化道路的历程。木门上,一颗布满灰尘的老式灯泡挂在正中央。

在没有电,没有自来水,没有工厂,没有矿山,没有现代企业的城市,从一颗灯泡开始,合川踏进工业大门。卢作孚先生建成的第一艘"民生"号轮船,加速了合川工商业发展的进程。而今,这座封闭的"电灯部",像一名将士,曾让合川灯火通明,又在灯光旖旎中功成身退。

在巷子里偶遇一位83岁高龄的老人,她着红色中式对襟袄子、黑色棉裤,白发里只少许黑发。老人家热情地问候我,好似迎接回家的人。我开玩笑:"这专门挑染的黑色很时尚噢。"她大笑:"莫看我八十多岁,我还是知道挑染是什么意思的。我孙女就挑染了一绺灰色,说那是时尚。"

时尚和历史都是老人的话题。她说她一辈子都生活在这里,虽然没有见过卢作孚先生,但见过他的孙子,周围好多老人都讲起过卢作孚在这办厂的事。她爽朗的笑声在一条条深深的皱纹里泛着光。

小巷的尽头,是建于明天顺七年的合州古城墙。爬山虎类植物大面积侵占了城墙,条石砌成的城墙连缝隙都圆润了。城墙呈锐角的转角处旁,是瑞映门。相比城墙,瑞映门小巧玲珑了许多。门下立着"重庆市文物保护单位——合州古城墙"之标志牌。

合川古称合州。古合州有十三城门。有意思的是,官方命名的门,大多已被民众按自己的方式称呼。喊着顺口是其一,依据东西南北方位是其二,简洁明快是其三。可见,人们有发挥自己语言功力的天分。民间称呼在1995年版《合川县志》里已不再被提及。

我曾一度查找塔耳门(也称塔尔门)的叫法出处。以川渝的习俗,这样奇怪的名字很少见。有一种说法,塔耳门这个名字和宋蒙间的钓鱼城之战有关。1259年，蒙古国和南宋爆发钓鱼城之战，蒙古几十万人马围攻南宋合州钓鱼城，却始终无法攻克，蒙古大汗蒙哥也在城下阵亡。虽然钓鱼城没有被攻陷，但在战争期间，百姓惨遭伤害。蒙古军割下宋人逝者的耳朵，"论功行赏"，堆在那里的耳朵宛如塔状，塔耳门因此得名。故事真假不得而知。塔耳门名字犹在，而城门早废。

不仅是塔耳门，合州古城墙和十三城门也历经火灾水患，常罹寇贼义军。在新时代，为便利交通，为城市建设，城墙城门、民国时期遗留的青瓦木结构房屋纷纷让路。在高楼林立中，留存至今的，唯瑞映门和部分残墙。

瑞映门，这座合州最后的城门，明代建于瑞应山山垭。

瑞应山得名于北宋景德年间，山上树木繁茂。据说因有异木生文，形似"天下太平"四字，人们认为是天降祥瑞，所以为这座山取名瑞应山。山垭处的城门，自成瑞应门。站在门前可饱览涪江、渠江（古称宕江）、嘉陵江三江景色。每逢春秋两季，常有人在此结社祭祀。山上凉风习习，令人心旷神怡，此景故为瑞映清风，系合州八景之一。

城门一边通瑞映巷，一边通接龙街，是古代合川城区的一道重要关隘。残存的城墙由灰褐色条石砌成，城垛已毁。1990年，合州古城墙被公布为合川县级文物保护单位，现为重庆市文物保护单位。出瑞映门，过纯阳观，穿接龙街，往上，便是纯阳山。而今，人们正在打造"瑞映山-纯阳山历史文化街区"。

这个合川城的制高点，我来过数次。站在城门口，深秋的风似乎长出了锯齿，吹得脸有一点点刺痛，刺痛让人清醒。

不立于城楼处，便望不见全城风景。

我想象着，南宋末年的养心堂书馆、清末的瑞山书院，身着汉服、手持书卷、言行有礼的书生在注经释文或诵读。城墙内的瑞应公园里，图书馆、民众教育馆、讲演厅一应俱全，音乐会、歌咏会、诗词会、书画展正在进行……崇文的合州，书香弥漫。

一个地方，一种文化。曾经惠及百姓的文化，在朝代的更迭中，突然起身离开。创造这些遗迹的人们熟视无睹，后世的人们便也视之为弃物。人们的视线日渐偏离。到了某个时代关口，人们又在胜景繁华中重新发现了它们，仿佛触及内心深处，一些意识被唤醒。那些遥远的文化之光被点亮，那些祖先曾经创造出来的辉煌被看见。

几千年来，门成了中国文化的载体，安全和独立的象征。中国古代的大多数城市，往往有很多道城门。近代之后，城市的根本性质发生了变化，城市的定义也发生了改变。这个时代，一切都在快速改变，旧事物迅速消亡，新事物不断涌现，人们甚至没有时间去思考，更不用说回头去看自己生活过的那座"城"。

时代永远向前，曾经的城门早已被高速路站取代。高速路成了城市与城市之间的血管，开放的城市再也不需要城门。但那些遗迹所涵盖的历史、艺术、科学价值和故事，那些文化气韵，历久弥香。

于是，人们站在这样的遗迹面前开始叹息，也在这种精华耗竭的衰败中发现其破败的、病态的美感。当我站在合州最后的城门前时，我到底在想什么？这是不是答案呢？这又是另外一个问题。

"这个顺耳门呐,夏天太凉快了。"老人家的话中断了我的思绪。合川人管这道门为"顺耳门"。我琢磨着应该是听岔了。"瑞"字在合川话里念"岁","瑞映门,瑞映门"念快一点就成"顺耳门"了。祈祷祥瑞的文化内涵以"顺耳"的合川话传开,也是接地气的。岁月匆匆,远去太久的故事,没办法求证了。

我想,也许我知道为什么自己又来到这里。我仿佛并未获取更多的新鲜信息,而是发现了自己一直等待的,那些血液里也许原本就流淌着的,在这里被激发了出来。于是,走过之后,感觉自己不一样了,似乎我与这座残存的城门有了关联,与风化的城墙有了关联,与文运昌盛的合州有了关联。我便有了奢望:想用文字建一座城,让废弃的城门、书院、巷子恢复原貌,让城门重新打开,让所有丢失的光,都照进来。

一半人间烟火，一半千年古韵

人间烟火处，欲望很稀薄。一座千年古镇，藏在重庆合川东北角渠江边，是涞滩。

寻访古镇无数，看到古风古韵大多在急促的人工修建中逐渐模糊。走进涞滩古镇，那份安静，那份古朴，像一张泛黄的老照片，没有滤镜和美颜，历经岁月洗礼的沧桑质感入眼入心。这里的每一条巷、每一块青石板、每一尊石刻雕像、每一栋木屋小楼，都有深厚的历史沉淀。作为独特的川东山寨式场镇的典范，它被列为"中国首批历史文化名镇""中国十大最美村镇"。

涞滩古镇，分上涞滩和下涞滩，集古寨、古庙、古佛于一体。下涞滩距今有近千年的历史。上涞滩距今也有200多年了。傍着美丽的渠江，借舟楫之利，涞滩古镇曾为著名水码头，商贾云集，街市兴旺，一度繁华。

涞滩古镇以涞滩瓮城为入口。斑驳的城墙上有清代时题刻的"众志成城"四个大字，让人瞬间感受到古朴宁静与人间烟火气的自然融合。涞滩瓮城建于同治元年，是目前重庆地区唯一保存完好的军事防御性堡垒建筑，具有很高的历史、艺术和科学价值，单从日渐风化的条石就可窥见历史的风韵。

作为石筑古瓮城的代表作,瓮城呈半圆形。进入瓮城,城门南北各有一道侧门,瓮城内设有藏兵洞四个。"瓮中捉鳖"是"城中城"巧妙设计的最好证明。而瓮城里,古镇的农民将自驾运来的白菜、葱蒜、红薯、渠江鱼等,以最朴素的地摊方式售卖。人间烟火气,让时光不自觉慢下来。

穿过瓮城,是涞滩古镇最繁华的街道。说繁华,其实也只是平添了朴实的生活色彩。木质结构的小青瓦建筑群古朴典雅,保持着明清时的原初风貌,宁静的山乡村镇气息扑面而来。一间名为"城中楼食府"的木楼,将古镇街道以"人"字形分开。几乎所有的餐馆门前都悬挂着川渝人心心念念的扁担腊肉,有的腊肉甚至长达一米。这不长的街市,混合着老腊肉、涞滩阴米、豆花、橙糖、豆干的各种鲜香,是山的味道、风的味道、村落的味道,也是时间的味道。驻足与品尝,便是对小镇最深情的告别。

文昌宫戏楼,更值得一品。这是古镇的精华。清代修建的文昌宫戏楼,曾是当时三教九流聚集之地,有达官贵人,也有平头百姓。声震巴蜀的川剧名角金震雷就出生在涞滩,并常在这里演戏。戏楼平台外栏上的木刻浮雕,有残败的遗憾,也让人恍若隔世。若有机会周末前往,还可坐着木椅,摇着扇,喝着盖碗茶,嗑着瓜子,赏一出正宗的川剧。

在涞滩古镇,更闻名的应该是二佛寺。许多人不远千里来此祈福朝圣。这座始建于唐、兴盛于宋、重建于清的寺庙,打破禅宗千百年来不立文字、不设造像的常规,开凿上千尊以禅宗发展为主线的石窟造像,成为震古烁今的佛教圣地。

时光,在涞滩这座古镇转弯。在生动的烟火气里,我们得以触摸古朴的村镇神韵。

钓鱼城，走过四季的浅唱低吟

初春，寻一指空隙，放下一城浮世，走进钓鱼城，在历史风韵的春意里修行。

"云梯不可接，炮矢不可至"的铜墙铁壁，被绛紫或洁白的玉兰花装点得添了柔情几许。在护国门峭壁间、在跑马道上、在天池边……那些恣意盛放的野花，幽幽独绽于石隙深处、密林里、杂草中，偶尔惊鸿一瞥，亦是满心喜悦。那段英雄传奇，已然沁润在一花一草间、春意盎然时。

昔日的古军营历经岁月磨砺，金戈铁马声自山间谷底时断时续。二月的钓鱼城，时光闪回到1259年，蒙哥率亲王、皇子、都元帅等120名主要战将，共20余万大军亲征；三月的奇胜门、镇西门、东新门，被声势浩大的蒙古铁骑踏遍；四月的护国门战事，被二十天的连绵春雨拦腰截断；五月的石子山，宋军冲进蒙哥汗行寨纵横驰骋……回眸，将春天的脚步放慢，只为持续了36年的战事祭奠。

夏日，被阳光越过云层折射下的一米金色叩开门窗。

钓鱼城，夏花逐日灿烂，夏虫依次奏鸣，夏雨偶尔缠绵。在古城墙的缝隙里，在跑马道的密林中，依稀可听见战鼓声起，以及蒙哥汗被飞丸击溃的叹息。这叹息，不是随风潜入夜的凄清，不是润物细无声的缱绻，是截断战线蔓延的运数，是驱散战场硝烟的天意。钓鱼城的夏日，注定供世人慨叹和遐思。那场有血、有汗、有烽烟的宋蒙鏖战，是农耕与游牧的冲撞与交汇，人性的光环今日依旧耀眼。

所谓春生夏长，是否意为：春生的万物，在夏日长出翅膀，顺应而生，又猝不及防？

清秋，在太招摇过市的炙热和太凛冽萧条的寒冷之间，把岁月写在梧桐的叶子上，写在银杏的金黄里，写入残荷的池塘，写进古城墙的青苔。这个季节，需仰望及至平视一座古老的城池，让时光的刻度更清晰。

再次踏上钓鱼城跑马道，在秋林映着落日的古石板路举步轻摇，没有千年风沙，没有烽火狼烟，满眼是秋叶的静美与秀逸，那是一份掠过俗世繁华的孤傲与坦然；俯视彩鱼蜂拥而至的天池，喂鱼、观鱼，让自己化身一尾自由游弋的鱼，不做飞鸟的梦，仅在碧绿的池塘，也可自由自在地捕获所有美丽；伫立在巨神传说的钓鱼台，俯瞰三江，想象濒临死亡的绝境，得以重生的人们，翻腾着凤凰涅槃的喜悦……所谓秋收冬藏，我喜欢这样：收获生命的色彩，在尘埃落定后，用文字收藏。

于是，在寒意袭来的冬日，我在护国寺涤落尘埃，以禅意抚慰过往，用安然荒废时光，如此虚度，便也恬淡。在千年卧佛旁，在摩崖石刻下，在薄刀岭，在飞檐洞……在钓鱼城的每一处，佛说：把心浸润于自然，吸取最本质的精华，学会放下，清风朗月，不再有迷途，让时光在花开花落的悄然中流逝。

钓鱼城，走过岁月交替的沧桑与安宁，似一卷经书，需用心翻阅、聆听。

行走龙多山

一

曾经多次行走龙多山，去松间听过风，去佛前参过禅，在石刻碑记的肌理中感受过美，于雨雾缭绕的田野中感受过光影。这一次，或许只为给秋日阳光一个拥抱的理由，寻回被城市钝化的敏感，我再次走进传说中的巴蜀分界山——龙多山。

行走是需要故事，也需要想象的。虽然计划行走的终点是龙多山，但不妨碍我们先去赤水县遗址看看。沿着212国道，穿过重庆合川合隆镇（原兴隆场）场镇到潼南王家店，再经燕窝镇燕赤路到达赤水县遗址。这是龙多山南麓，曾是巴渝文化的交汇点与商品流通的中转站。如今，赤水县遗址石碑的四周，已被农房和庄稼替代。唯风化的石梯与石板上可依稀窥见岁月的痕迹。

还未抵达龙多山，我已走过古代三县。想象着站在龙多山上,如何做到"一脚踏三县"。龙多山,因其地处现合川区龙凤镇、古代赤水县与潼南县东北檬子乡交界处,因其形逶迤如龙蟠而得名。

又登龙多山,许多故事重回记忆。

地处涪江东岸的龙多山,横在涪江流域和嘉陵江之间,成为兵家必争之地。位于重庆的巴郡和位于四川的蜀郡,都试图通过控制这座山达到遏制涪江水道的目的。相传,在巴蜀两郡间的一次战斗中,双方伤亡惨重,却都誓死坚守。此时突然天降大雾,随后是一声山崩地裂的巨响,只见山顶一块巨石猛地分成两半,自上及下的裂痕宛如刀劈而成,两郡士兵惊慌之下无心恋战,纷纷撤退。之后,巴王和蜀王不约而同地将这一切归于天意,认为天神或许也不忍看到生灵涂炭,欲使两国割地而治。于是,那块巨石就成了巴蜀两国的分界线。你可以想象着这个故事,喝着盖碗茶,听着关散打评书,穿越历史的界限,脑补一场战争奇迹……这一块"巴蜀分界石"依然健在。它的外表平淡无奇,表面光滑平坦,自中部整齐裂开。历经三千余年,山上多数古代遗址都被摧毁,唯有这块最古老的巨石不动如山,冥冥中散发出引人遐想的神秘力量。

这就不得不说武媚娘与龙多山的故事。贞观六年(632年),唐太宗李世民传令:派利州(今广元)都督武士彟到湖北荆州为官。武士彟接到圣旨后,打点行装,携一家老小出发。武士彟乃唐朝开国大功臣,官至工部尚书,并被加封应国公和魏王。他膝下有两子三女,而幺女武媚娘,后来成为一代女皇武则天。八岁的武媚娘喜欢游玩,一路上蹦蹦跳跳,摘花逐蝶。武媚娘去摘山岩边的野花,不料岩底有个杂草遮掩的小水坑，里面有数条鱼儿，它们在水中突然跳跃起来，水花乱溅，把媚娘的衣裤打湿。浅水坑里的鱼儿，被媚娘悉数捧回水田。数十年后，武媚娘当了皇帝，回想起往事，就"钦敕"当地的山僧把水田扩建为"放生池"。其占地约1亩，这也是武则天在位时所建的最大放生池。而坍塌后裸露出来的陡壁上凿刻了许多历代名人贤士题写的诗文。

史海浮沉趣作舟，择其一二是为敬。龙多山三千多年的浩渺历史，如今褪却了烽烟，更显雅致。

二

步行上山。我一会儿望石头，一会儿看土地，呼吸着草木间自然的乡野气息。石头安闲静默，大地安稳坦荡，草木谦卑地致意。石是山的骨骼，地是山的依托，乡野的气息是山最朴素的气质。我知道，我应该静默、坦荡，像草木一样谦卑。如此，我才能被它们很好地接纳，才能找到此山可容佛道共生的密码。

"三月三，田不犁，土不翻，上龙多山。"每年农历三月初一至初三，龙多山庙会热闹非凡。附近数万居民纷纷赶赴庙会，他们怀揣虔诚，在架香的燃烧中祈求五谷丰登、平安吉祥。

也许因其有可纳佛道共生的壮美，也许因其有恢廓大度的气魄，不同于重庆其他地区的宗教文化氛围和宗教习俗，龙多山自古为蜀中佛、道二教合一的名山。现山上有佛教的龙佛寺和道教的太清宫、三清宫及牛王殿等合法宗教场所。

据传，西晋永嘉三年（309年），四川广汉的冯盖罗来到紫徵山（龙多山的曾用名），与家人在此结庐而居，专心炼丹，一意修仙。最终皇天不负有心人，全家十七口人成功飞升仙去，震惊了大山内外。龙多山的宗教文化也就此发轫。

到了唐朝，举国推崇佛教，武则天敕令山僧在紫徵山上建放生池（即供信徒放养水生动物以积攒功德的池塘），同时将此山更名为龙多山。天宝年间，山僧"奉旨醮祭"，李隆基钦定龙多山为佛山，颁诏曰："五岳外别有它山，尊龙多山足以当之。"于是，龙多山与泰山、华山、嵩山、恒山、衡山等五岳一同齐名天下。人们纷纷前往龙多山修庙筑坛，龙多山的香火旺盛起来，步入史上最为鼎盛的时期。

那是一个有着千载风流、文采耀目的朝代，尽管晚唐狼烟四起，龙多山作为一方净土，依然为人们提供了精神的归宿。由黄巢起义占领长安导致的唐僖宗奔蜀，让一批官员墨客同赴西南。著名散文家孙樵曾登顶龙多山，写下传颂千古的《龙多山录》：一去辽廓，千载寂寞。澄泉传灵，别壑镜明。风间景清，寂寥无声。嘉木美竹，冈峦交植……此文不仅将龙多山风光绘进游记，更将龙多山作为一座佛山的历史沿革考察尽细，备受时人推崇，还被收入《蜀中名胜记》。可惜此文部分内容已失传，甚为遗憾。

岁月不曾饶过谁。龙多山，一个修行悟道的圣地，也逃不过割据争雄的乱世。南宋末年，军民在这里屯兵积粮。明朝末年，张献忠带领的农民起义军与明军在这里昼夜激战。与经年失修的城池、山寨、庙宇相比，更能看见岁月印记的，是与佛道二教相呼应的摩崖造像与碑刻。龙多山古佛殿、摩崖现存造像94龛、1742尊。多数造像已经破败，残缺不全。

好在还有保存最完好的千佛龛，上刻有浮雕跌坐佛像 1000 余座，雕刻精细，形象生动，是重庆地区众多"千佛崖造像"中建造时间最早、保存最为完好的一龛。龙多山东崖，造像记、诗词、游记、颂文、修学记、题字、山寨碑记、祈雨刻石等石刻碑记众多，人们从石刻碑记品味历史，以史为镜，可以知兴替。

抚摸饱经风霜的城墙，路过残存的造像与碑刻，无须感叹。承认岁月的磨砺，才能真正地坦然。

三

遇见什么，是缘分。行走同理。

在方圆 100 多公顷的龙多山上，我遇见过云雾缭绕，遇见过清泉流淌，遇见过百鸟吟唱，遇见过暮鼓晨钟，以及农家饭菜、土味凉粉……而此行，我遇见诗意栖息的乡山。

龙多山的路依山势而建，比前几年精致了许多。若是俯瞰，你会发现它们像一条条缓缓流动的小溪从山中央奔向自己的远方，又像从各自的源头而来汇集于此。它们是龙多山的血脉，是朝圣者之路，是行走者的心灵地图。

龙多山的秋天，没有宿命。我曾在冬天穿过松林，那一次细雨飘洒，散落的松针在地上集结成防滑的垫子，偶尔有清冽的风吹来，那是龙多山的另一种风情。而这个秋日，松林依旧葱郁，宁静中有些必要的音符不时响起，阳光在地上结着圆圆的网，光晕时隐时现。每一棵树都是一个归隐田园的诗人，它们在林间吟唱，为漫步林间的游客吟唱，为身边的草木吟唱，为枝尖的阳光吟唱，为头顶的白云吟唱。每一棵树也都是一个安享生活的茶客，用一杯茶的时间，看茶叶在热浪中翻滚、沉淀，从馨香到无味……祭奠时代的更迭，祭奠碑刻的残缺。又或者，它们只是守护在山间，深邃无言，是沉默的大多数，如同我们，都只是沉默的过客。

太阳在逐渐沉落中变得温柔许多。健身步道变得越来越长，仿佛没有终点。我们"游"到山顶，人立观景台，四周临崖，这座"一夫当关，万夫莫开"的山地城池气势仍在。只是，我更喜欢这秋日的田野、流动的风声、夕阳的斜晖，以及山下光影中的梯田和安静的村落。这是风景之外的原乡之美。满身的芜杂，此时被卸下，心和乡野一样朴素。

朴素，是和自然相融的敏感。

南溪河的阳光

阴雨天气持续了数日，我开始想念南溪河。我想念的，不是层林尽染的红枫，也不是净果寺的禅意，更不是老水牛忧郁的眼睛。而是南溪河边，洒在若寒脸上的阳光。那阳光炙热，被河水倒映着的光在水草间闪烁，一笑，河面就微微荡漾。它像一个慈祥的老人，开始叙说河水的丰沛、干涸，或是一个故事、一段时光。

在合川古楼镇，南溪河是一条"过路"河。它发源于原合川县半月乡水口村，经燕窝、合隆、七间，流入古楼镇摇金村。南溪河也是一条连接川渝两地的连心河，流入古楼镇后，它穿过山丘，流过田园，绕过村庄，从古楼镇天子村流进四川省武胜县境内的清平镇，再从清平镇境内的南溪口流入嘉陵江。川渝两地的父老乡亲共饮一河水，共用一河水浇灌庄稼、养殖枇杷、饲养牛羊。南溪河供养着他们，他们供养着岁月。

我曾先后数次去古楼镇，也曾沿着南溪河走了很久，观老树攀岩，听小鸟吟唱，看老水牛忧郁的眼睛，还在大片草坪上扎营。而若寒，就是在我南溪河认识的孩子。她11岁，住在古楼镇摇金村，上小学五年级。

因老师的推荐，我专程去学校见若寒。那天阳光强烈，伴随着放学的铃声，校园沸腾起来。老师将若寒带到我身边，若寒没有见生人的胆怯，大方地说"安卡老师好"，我摸摸若寒的头，她笑出好看的酒窝来。

若寒是一个农家孩子，父亲是古楼镇本地人，母亲是四川遂宁大英县人。和众多农村的孩子一样，父母在外打工，她跟着爷爷奶奶生活。从记事起，奶奶就教育她：要记得咱们是穷人，要省吃俭用，不能攀比；爷爷告诉她：只有把书读好了，才能不穷。因此，若寒随手关灯，不浪费粮食，而且成绩一直保持在班上前三名。在她上四年级之前，虽然家境不富裕，但她也吃得饱，穿得暖。

有时候，灾难就像多米诺骨牌，倒下第一块，后边一块块也随之倒下。2018年，对若寒家来说，是灾难接踵而至的一年。8月，若寒的外公因病去世。9月，若寒的爷爷在劳作中摔断了腿。为照顾爷爷，奶奶只好在医院陪护。若寒懂事地每天给自己做饭，自己上学，去医院看爷爷。爷爷才出院，远在广东打工的父亲被查出骨癌，母亲不得不停工，带父亲回重庆治疗。对于原本就不富裕的家庭来说，真是雪上加霜。若寒看着轮椅上的爷爷、像陀螺一样忙碌的奶奶、病床上疼痛的父亲以及病床边以泪洗面的母亲，想到了退学。

我陪若寒一起走路回家，很自然地拉起若寒的手。傍晚的太阳苍黄，像一个行走的炉子，热气将我们团团围住。我问若寒："为什么当时想退学啊？"若寒说："当时听奶奶说，爸爸生病要花好几十万。我们家没钱，我想去饭馆打工，可以多挣一点钱给爸爸治病。""那你知道你还不够能打工的年龄吗?"若寒说:"知道的。但我想我个子还挺高的,皮肤也黑,可以装作成年人去打工。"我顿时笑了,毕竟是孩子啊!"现在不这么想了吧?"若寒侧着头看着我,脸上又笑出好看的酒窝。她说,后来每周都有人来他们家看望爷爷和父亲,父亲的医药费也报销了很多。现在爷爷的腿好些了,和奶奶一起在家种枇杷,养鸡、鸭和猪。父亲在家养病。虽然父亲生了病,但她觉得自己因祸得福,再也不用天天盼着父母亲回家。现在她不用想着退学了,现在的任务是好好学习,等有真本事了,才更能为家出力。说完这段话,若寒轻轻松开我的手,蹦跳着往前跑,边跑边喊:"老师,我家就在前面,经过这座桥,一会儿就到了。"阳光把若寒的影子拉得很长。

这座南溪河上的小桥,桥墩布满了青苔。河水清澈缓慢,河岸水草丰盛。远处一只老水牛,向我们发出"哞……"的叫声,像是打招呼,像是倾诉。

到了若寒家,若寒的爷爷倚着拐杖,坐在门口,远远地唤着若寒的乳名。我说明来意后,老人家有些激动,把我领进门,不等我问,一股脑地说了很多。

爷爷说,他们这一代人,和新中国的年岁差不多一样大,虽然说不出有文化的话,但真真实实地感受到了政府的关心。他们都说,现在政策那么好,富不起来的人就是懒人。"说实话,我儿子儿媳是很勤劳的,没读好多书,但勤劳致富的道理是懂的。没吃过猪肉,还没见过猪跑吗?周围很多人都富裕起来了,如果不是因为……有时候身体不争气,真的很难。原本我儿子打算放弃治疗的,确实医药费太高了。加上我这腿……后来村主任来了,还有扶贫办的同志,还有镇上书记,都来了。去年,我们全家申请了低保。每个月有2300元左右的低保金。儿媳妇的户口还在四川遂宁那边,她也享受了低保。现在的政策是真的好!政府还给了我们居民医保补助,帮我们购买脱贫保险,还有医疗救助。娃娃读书,不仅免费,还有生活费补助。我晓得,我们肯定不能一直依靠政府来解决生活困难。我们现在每年有规模地种枇杷,还养鸡、养鸭、养猪,儿媳妇也出去打工。我们经常教育孙女儿,要懂得感恩,也要努力学习,要用自己的手创造……"

老人家一口气说了很多。若寒乖巧地站在爷爷身边,很认真地说:"我会的。"看着贴了半墙的奖状,我知道,若寒会的。

离开若寒家时,阳光逐渐温柔了下来。若寒爷爷非要出来送我,我坚持不要。若寒送我过桥,我拉着若寒的手站在桥中央。阳光铺洒在河面上,一阵风吹过,河水泛起粼粼金光。

我问若寒:"你知道南溪河流向哪里吗?"

若寒不假思索地说:"嘉陵江。"

"那嘉陵江流向哪里呢?"

若寒想了想,问:"是长江吗?"

"是的,流向长江。我们每个人啊,都像这小小溪流,有湍急的时候,也有缓慢的时候,有时平坦顺当,有时会遇困难险阻。只要向前,我们都会有不同的风景和更宽广的流向。"我像是对若寒说,也像是自语。

人们说清风白云、蝉叫蛙鸣是乡村最美的风景。而我看着若寒红扑扑的小脸、好看的酒窝,我知道,孩子才是最动人的景象。

冬日江城笔札

一

江城的冬天是适合步行的。

因三条江与城市的缱绻，冬天的江城被氤氲的水汽弥漫着。那水汽像雾，像纱，灵动地飘在城市之上、江水之上。似给江城叠加了一层滤镜，柔化了季节的凌厉与清冷。风从江上来，吹过楼宇的肌肤，落在季节的边缘。时间好像在以风的名义流逝。

走在上下班必经的滨江公园彩色塑胶路面上，最初喜欢一会儿踩着黄色，一会儿踩着红色，沿着曲线行走；后来喜欢踩着黄色路面上班，踩着红色路面下班，而且成为习惯。想起小时候，为了看见自己的脚印深浅，我总要倒着走。那些泥路上深深浅浅的脚印像是自己手绘的，为了画面好看，我还要故意跳跃式行走，有时弄得尘土飞扬，有时全身沾满稀泥。而今，城市的道路整洁干净，已走不出足迹。孩子需要眼睛看得见和被看见，成人也许更需要内心看得见和被看见。生命这个过程，是少年时让眼睛多看看世界，成年后让内心多看看万物。

天晴，每有晨跑者与我擦肩而过，便有一阵风袭来，一点凉意升起又逝去。你不知道风从哪个方向吹，又消逝在何处。凉意与活力在风中拥抱，拥抱又分离。常会见到几个晨练太极的老人。他们着白色练功服，凝神静气。眼随手，手随心，在无声地推、收、舒展之间，似与周遭的草木、江水连通经脉，安静地融为一体。与自然的融合，也许才是生命的本真状态。

雨天，江边风大，呼啸着，萧索着。我便将毛衣领子当作口罩，看寒凉中的树，看叶落，看草偃。公园的树大多是四季常青的，所以光秃秃的大树杈便很易入眼。那些凌厉的枝丫，很萧条，也很锐利，应和着季节。树木脱落了叶子，不过是为了与冬天握手言和，换来生命的焕发。

二

银杏叶的走向。

江城的好些街道上都种上了银杏树，秋冬时节的江城便多了一些喜悦。

在嘉滨路上，路遇两位保洁人员努力地敲打银杏树，地上飘飘洒洒一片金黄。刚好太阳从云层探出来，瞬时将那些层层叠叠的叶子点染得很是绚烂。保洁人员将所有的叶子扫在一起，准备装进垃圾桶。他们想要这城市一尘不染，只是急促了些。太阳隐去，光芒收回，所有的叶子便都失去了灵气。我看着手机里抓拍的青草里的金黄，它们成了镌刻在照片里的风景。我刚好路过，阳光刚好洒下，我该庆幸，也难掩叹息。

在江城大道上，几个老师在带着小朋友捡落叶。在老师的辅导下，孩子们将或黄或绿的银杏叶拼接、撕裂，制作成一张张生动美丽的画。落叶有的变身舞蹈精灵翩翩起舞，有的变身阅读处子安静读书……围观的人们发出一次次惊叹。落叶，换了一种形式活着，无论滋养草木，还是美化生活，都是生命的归宿。

三

那些婴儿推车。

上班途中总会遇见很多婴儿推车，大多由老人推着。他们时不时地停下脚步，看看车里的宝宝，掖掖宝宝身上的毯子。他们的眼睛总是闪着光，充满温柔。我每次经过时都会停下片刻，两场电影便会交叉在脑海里重播。小时候的自己没有坐过婴儿车，记忆里有的是母亲常常提起的竹编的摇篮和木椅。母亲的故事里总会有那样一个场景：木椅在田头路边，我坐在木椅上，母亲每经过我身边，我便伸着双手求抱。劳作的母亲是顾不上我的请求的。最后，我哭到窒息，母亲慌忙丢下农具，抱着我，死劲拍我，待我"哇"地重新哭出声来，母亲才长长地吐口气。儿子出生后，和现在所有的妈妈一样，我早早准备了婴儿推车，却用得很少。我喜欢抱着他从七楼走下去，走出小区，在涪滨路上慢走。我左手抱着他,右手捏着他的小手。天地间的母亲,大多是相似的,用力所能及的方式爱着,传递着爱。于生命而言,爱本身就是一种本能和欢悦。

四

轮椅上的老人。

在嘉滨路上总会遇见一个坐轮椅的老人。他头发银灰,经常着一件深蓝色羽绒服,膝盖上盖一条薄绒毯,轮椅的侧面有个布袋,布袋里有时有葱、白菜或其他。有时在东津沱滨江公园的景观石旁边遇见他,他把轮椅停在路边,望向江边,眼神很平静。我朝他眼神的方向看过去,我猜想他坐在轮椅上是看不到江面的。那些长青的茂密的树,一定会告知他江水的温度、江水的色彩和江水的流向。有时在公园内的儿童乐园处遇见他,他的轮椅在彩色塑胶路面上,他看着那些玩沙、玩滑梯、相互追逐的孩子们,不自觉地笑着,温暖而且从容。如果你也看到了他的眼神,就会知道,与呼啸而过的车流相比,他显得那样安详。你全然不用因为他坐轮椅而对他心生同情。坐着,或许比站着更让人安宁。他关注自然、蔬菜和人群。生命的自在与丰盈,便是如此吧。

五

时令大雪,骤然降温,万物都凛冽了些。

在东津沱滨江公园遇见千里光，一种开着淡黄色舌状小花的植物。在公园的大片绿植中，即使是小花，也是耀目的。我停下来，看雨水落在黄色的花冠上，再变成露珠晶莹地挂在花尖。风从四面八方吹来，小花来回摇晃，雨水轻轻滴落。原本攀缘生长的植物，而今在公园的土地上生长，被修枝、压条。它们没因离开山林草泽而颓然，在公园里迎接风，迎接雨，独立绽放。

因节气，也便想起了雪。

江城是极少下雪的。残存的记忆里，小学时曾在舅舅家赶上人生第一场大雪。大雪隆重地给乡村披上白色大衣，地上是一层厚厚的雪毯，还有空中纷纷扬扬的大雪飞舞。第一次知道"雪"这种奇幻生物，几个孩子再也不肯待在屋子的"灰笼"旁烤火，在雪地里玩得不亦乐乎。大雪阻断了回校的路，也由此错过了几天上学时间，是被老师责罚也依然喜欢的错过。

2016年1月，江城难得下了一场大雪，而我在大雪的前夜离开，去到想象中最温暖的海南，又遇上海南几十年不遇的寒潮。我身着羽绒服，在游客寥寥无几的大海边看惊涛骇浪，不断接到朋友的嘲笑电话，说我错过了大雪。两年后，我收到从海南"未来邮局"寄来的明信片，那份欣喜迅速漫延至曾经最冷的海南。

所以哪有错过。

生命不可能圆满，应接纳所有的遇见。

江城的一滴水

我是江城的一滴水,飘落到磨盘山。

这是重庆合川东北角的一座小山,山下有渠江、村庄和田野。一位老人伸长了脖子,在给果树剪枝。累了,他摘下草帽,我化身一滴汗水,落在他沟壑纵横的脸上,听他讲关于土地的故事。

当老人还是孩子时,他在租赁来的土地上劳作。他巴巴地望着一棵棵直立的植物蓬勃生长,一天天饱满,一天天喜悦。他扛过了天旱、虫灾,填满了地主的仓房,面对所剩无几的余粮深深叹息。那时的土地,以充满期望的姿态迎接他的到来,又以欲言又止的方式看着他离开。

我在老人的故事里久久地沉默。沉默着听他讲述1978年以后的故事。

那是一场冬天里吹来的春风,到磨盘山时依然和煦。他喜欢从清晨开始,去到每一寸他承包的土地。在这片失而复得的土地上积肥、选种、浇水……他带着孩子们起早贪黑,连过去沟边的荒地都种上了蔬菜、果树、麦子。热烈的土地里,植物迎风致意,老人轻轻触摸它们的时候,想起在外上学的孩子。

历史谢过一幕,拉开另一重。重新打开的强光,照着新时代的布景。

我必须是一滴江水。我需要一条江的气魄,浩浩荡荡,面对危崖峭崿,涌浪涤荡污浊,让和磨盘山一样的村庄,重拾人间烟火。

我扎入奔流的渠江。

渠江,是村庄的血脉,养育着磨盘山,以及沿江村庄一辈又一辈的村民。它载着我一路高歌。河流两岸,是一个又一个美丽的村镇。渭溪、小沔、官渡、云门……我看着一条条宽阔的柏油路不断延伸,一条条村级公路抵达农家家门。道路纵横,各类汽车在其间来来往往,不断加载农民的梦想。但村镇大多时候是静谧的,乡野的背景是大片大片的绿,前景或是烂漫的春花、让人垂涎的果子,又或是金灿灿的稻子、黄绿相间的玉米。风过,泥土、谷物和水果的馨香便弥漫开去。

我静静地沉入河床,并安稳地睡去。我知道,老人的故事早已成为过去,土地早已告别了贫瘠。磨盘山,也应该和这些美丽的村镇一样,在合川的东北角,绽放欣欣向荣的景象。

我是在阳光明媚的冬日醒来的,与另一条叫嘉陵江的河流胜利会师。我们一路欢歌,穿过东渡大桥,在文峰古街,与涪江相遇。三条江的汇集,三条江早已超越了一条江的磅礴。三江水域宽阔,江水清澈,奔腾向前。

我需要站得更高,以一颗露珠的形态,挂在钓鱼城的高枝上。一个弹丸之地,以一城之力,挡住了蒙古铁蹄,这是钓鱼城的前世。而此时,夕阳衔山,江水拍岸,一种质朴而永久的精神守护,让钓鱼城在这特别的光色中有了石器与青铜的混合质感。

俯瞰江城。经过数千年的时光和江水的淘洗,合川像一块温润而有质感的玉,有品质,不张扬。其温润,无瑕,坚韧,从容,让村庄回归宁静,让城市远离喧嚣,让贫瘠得以消释,让温暖抚慰人心。

这一方被开垦和培育的土地,把城市和乡村发展的速度拉快。

我看见——江城的天空从容地蓝了,前赴后继的支流清爽了,污染江河的矿山被治理了,广阔的田园回归了……成群结队的红嘴鸥从北方赶来,在嘉陵江水面舞蹈,自然的乐音在江面流淌。三江沿岸,人们在公园闲庭信步。时光缓慢,不舍得走得太过仓促。

我看见——江城的每一条街道,每一件关乎生命与爱的大小事,都有文明的守护者。洪水过境之时,新冠病毒肆虐之时,贫困家庭为生计发愁之时,孩子与老人急需帮助之时……皆是文明使者遍留足迹之时。

我看见——公交车上,老人们微笑着刷着免费卡;校园里,孩子们奔跑在塑胶跑道上;老旧小区里,新电梯悠然启动;康养中心里,老人们大笑着拍短视频;菜市场里,蔬菜上的二维码被置于显眼位置……每一个在江边驻足凝神的人,都会听到汩汩的江水如此契合时代变化的心境。

磨盘山的孩子们呢?他们从磨盘山出发,一步步向更广阔的天地进发,又一步步向故乡的土地回归。我看见汽车载满货物,从合川城区驶出。远处的磨盘山上,一条高速路穿肩而过,绵延至山外更远处……

　　而我,江城的一滴水,以不同的形态走过江城的乡村和城市。我的归宿,是潜入江底,顺江而行。

奇　遇

某年夏天，连续加班的第三个晚上，我从一堆文案里爬出来，慢悠悠地走出单位大楼。陪伴我加班的对面人民广场上的广场舞已经结束，整齐的路灯发出橘黄色的光，显得孤傲又朦胧，我决定走路回家。

穿过一条街，向右转，我的前面，大约隔着一棵行道树的距离，一个女生边走边打电话，一会儿左拐弯，一会儿右拐弯，最终又回到直线。以我也曾豪情万丈喝酒的经历判断，她应该是喝酒了。我走路的节奏不知不觉被她带动着，我一直和她保持着一棵树的距离。

路过夜啤酒美食街，我加快了速度，与她并行。美食街的食客开怀畅饮的同时，大胆注目着我们。穿过夜啤酒美食街，我又放慢了步伐。

前面是涪江一桥，她在桥中间停了下来，我也停了下来。我想起某年夏天，我与闺蜜一人一瓶啤酒，坐在这桥下，看着对面林立的高楼透出温暖的光，聊着什么时候这城市里能有一间属于我们自己的房……

不知道过了多久，她又举步前行。桥头是缓坡，她突然一个趔趄。这个趔趄中断了我的跟踪行程。我本能地快速向前,伸手将她扶起,像闺蜜那样挽着她的手。她站直后看着我,大概看我也是女生,没有甩开我的手,而是说了声"谢谢"。

下桥后,我正在想要不要问她的住址,一辆车在我们身边停下。一个男人走下车,在离我们大约一米处站直,双手交叉握着,看着我的眼睛说,碰巧遇到你下班……

我本能地挽着她往后退一步。他也赶紧往后退一步,摆着双手急忙解释:"你不认得我,我一直记得你。我是网约车司机。"

风吹乱了我的头发,我想起来了!曾经一段时间常喊网约车,一个月碰到同一个司机三次。这个小概率事件我深刻记得,只是不太记得他的样子。第一次,他戴着帽子,是怕碰见熟人。第二次,他没戴帽子,聊了一些开车的趣事。第三次,他依然没戴帽子,幸福地聊着他的家人和孩子。一个破产企业家回老家开网约车的故事,普通得像普通人一样。我并不觉得奇怪,所以也不记得是哪句话让他拿掉帽子,从容接受一种平凡的职业。

那晚,我和她被他分别送回了家。

这城市很小,小到陌生的三个人会离奇相遇。这城市也很大,大到相遇的三个陌生人,此后再无交集。

人与人之间的情感甚是微妙。一句不经意的话、一段与陌生人的距离、一次慢下来的行程,也许会成为别人黑暗的人生里耀眼的星辰。世上哪有那么多的离奇巧合,不过是心里有光而已。

第三辑

素尘欢

废墟的绿

若杯中有沉淀物，系天然茶叶成分。

——题记

天，已经收起了黄昏的颜色。

风，已经渐渐吹起。

大街上行人稀少，没有背影也没有车流，这是一个冷清的入夜景象，有些许萧瑟，也有些寂寥。灰暗在空气中飘浮弥漫，身边的垃圾堆里倔强地跑出一些白色的塑料袋，像是出殡时撒的纸钱。他在哪里？她又将去往何方？她只是顺路经过，她已经没有思绪。

她需要清扫一下眼耳口鼻心肝脾肺等各种器官，用一支香烟或者是一瓶绿茶。煮沸三江水，同饮五岳茶，香飘室内外，味存一瓶中。那是一瓶绿茶，带着茉莉花味道的茶饮料，那种味道几近于自然。面对电脑敲打，她开始有了一些熟悉的感觉。他曾说："我电脑的'A'字键总比其他键更早地磨损。带着灰色指纹的黑色键，淹没了一些刚刚明亮起来的东西,那么我的世界终将归于黑暗。"

经常坐在电脑前无所适从,偶尔向天花板翻翻白眼,为了保护视力,她以为这样做也是一种优雅的举止。QQ上那些美丽的头像不停地闪烁,她觉得这个世界不仅仅只有她自己,其实当她意识到那也是一片荒漠的时候,她终于明白很多事情都与她无关。她上网的位置在网吧的一个角落,待明明灭灭的香烟燃尽,周围依然是各种敲击键盘的声音,即使近在咫尺,谁也无暇斜视一眼旁边的人。大家更在意的是隔着千山万水的屏幕对面,这让她感到特别安全。

她逃出来,只是想有一个安全的地方回溯过往。她想尽量用自己的语言,把当时让她备觉沉重的事物修饰得美好灿烂,以免自己感染到那一份狼狈不堪。春寒冷峭时节,冰凉的绿茶已喝完。她在等待一个结果,一种从内而外逐渐冰凉的结果。

你究竟在做什么?她的心有点萧瑟,她害怕周围人这样赳赳地质问,那种面面相觑的感觉,会让她成为一只黑夜里的惊弓之鸟,没有可以栖息的林子,也没有蔚蓝色的海洋,只有秃鹰。她只能振翅,永不倦怠地振翅。她想有绚丽的一生,哪怕只能绚丽几个年头,那么在她长眠的时候,她就会感到莫大的满足。

她在电脑上敲打一些文字,以示祭奠。

两只河豚

　　时间可以像流水一样带走一些残存于记忆枝头的花瓣，有的花鲜艳依旧，有的已经渐渐枯萎。那些如雪花点闪烁的画页在反反复复地播放，把它储存下来还是如星光一般倾泻，谁又能改变人生的长度？

　　生命里的事情，有的可以回头，有的可以再来。你像是在泡着一杯龙井茶，以适合的水温，在想起某件事情时，用一种不偏不倚的心态就可以达到你所要出现的效果。这个效果不需要浓妆艳抹，适时而过的流云从天空流下，有点黯淡，有点伤感，有点落寞……

　　我并非想说出很多在我身旁发生过的事情，因为有的记忆早已被删除。有的回忆沉重，有的回忆美丽，刺痒我的心。如果在记忆中还残留一点点疼痛或是一点点嬉笑，你得先让它停泊在一个相对寂静的角落，这个角落就是心，它不会因为岁月的无情而使这片土地变为荒漠。你得植上一些挡风的小白杨，用或浓或淡的情感，把它们育植成一个公园。它永远只有一张旧门票，上面写着一行词——问君能有几多愁，恰似一江春水向东流。

在我毫无防备的时候，脑子里就会有许多思绪涌现，不光乱七八糟，而且浩浩荡荡。我不知道该做些什么来填补这长久的空缺，在那片被思绪分割的广袤夜空里，我尽量装作站在旷野下企图寻找和我有着同一种眼神、同一个姿态、以同一个角度看问题的人，那时我会坚强地相信，世界上再深厚的感情也禁不住岁月的摧残，它终究会生锈，也会生病。

　　如果说人生的离合是一场戏，那么百年的缘分更是早有安排。所有缘分，都潜藏在阴暗的角落，等待你把它变成阳光的颜色。对于很多东西，其实我都不大在意，没有持久的热情、耐力，让其维持一定的温度和饱和度，因为那样很容易使人产生极不酣畅的疲惫感。我在意的是从它萌发直到死亡的那个阶段，留给我一厢情愿的回味过程。

　　我喜欢黑夜，墨如漆。静听夜色里的天籁，似乎听到了一份幽怨，又似乎听到了一份安然。我也喜欢听雨点洒入泥土的声音，喜欢在清晨听一两声婉转清扬的鸟鸣，好像这座孤独的城市连同我的心都被唤醒，一切都变得清晰。我在回想一段双簧的旋律，两个孤独的人在一起，是不是就说明他们不再是形单影只？人生最常呓语的时光，我基本上是和自己一起度过的。我记起了一句诗：正是河豚欲上时。我和我自己，像两只河豚，在声色犬马里捧着钵盂，自由自在地化缘。

短章二则

歇马镇的女人

来到了歇马镇,我便是歇马镇的女人。

我是素颜来的,恰当地掩饰了我内心的浓妆。

这是我的歇马,它有着九百岁高龄。曾经的兵亭邮站仍在,六百里加急文书被摁进了光阴里,厚重却遥远。而我,年轻尚轻,只能在集邮册里寻找我与歇马镇的一点点关联。

这里是北碚的西南角,我将地图折叠,便回到天府镇的从前。

那时,我是天府镇的小孩。在它工业化的硬壳里,记录我的,一定是那条遗留下来的铁路、后丰湖的湖水、父亲揣进我兜里的那些皱巴巴的钞票,以及父亲一次次送我走时眼里闪烁的光芒。

父亲走了,永远地回到了故乡。

我也走了,带着被索取后的疼痛感。

这样真好。天府镇的小孩，歇马镇的女人，在这清冷深秋，在一片柑橘林里，将灵魂从祭坛上赎回，用一天的时间。

橘子黄了

走进柑橘林，我是如此心虚。

刚刚吞下的半个橘子，骨碌碌地落进秋天，惹来林子里众多柑橘的窃窃私语。小部分被失重感吓坏的橘子，躺在草丛里，不知是期待我们的拾起，还是更渴望反哺这片土地。

故乡，也曾有这样一片柑橘林，母亲养护着它们，和养育我一样细致。他们一起历经日晒和霜冻，咬紧牙关，相互慰藉。

橘子黄时，一些被换成粮食，一些进了我的胃里。剥一瓣递给母亲，母亲摇摇头，皱皱眉：太酸，不吃。

每一个母亲的演技都那么自然，谎言如同贴身的棉衣，让我温暖得心安理得。母亲不曾知道它们来自一个名字诗意的家族——芸香科，也不知道它们有那么多姐妹兄弟，就让橘香浸润了我的血液。

要是能下一场雨该有多好！雨水打在我脸上，我会笑着告诉母亲：橘子黄了，我带回来给您。

带着香气的遇见

偶尔会去楼顶看母亲打理的菜园。小园子很朴素，一池水，几丛花，几处闲云，多是蔬菜。南瓜苗破土后，开始肆意生长，藤蔓四处游走，寻找另一片天空；葡萄树在春季萌芽，因为没有棚架，它的枝蔓便和旁边的枯树纠缠，甚至延伸到围墙之外。

常常会想起一个温暖的人。

在遇见《撒哈拉的故事》，不，在遇见三毛之前，我读着老师安排的课本，在磨盘山的山坡、水渠中奔跑。如果说忧虑，不过是求一间属于自己的房间而不得。在那个物质贫乏的时代，想有一个独立房间，谈何容易。好在，遇见了三毛。三毛不仅打开了我的磨盘山世界，也打开了我的课堂世界。图片上美丽的大漠风光，是缺水、缺电、缺医少药的沙漠，是女孩十岁就被迫结婚的沙漠，是生病不去医院的沙漠，是几年不洗澡的沙漠。可即便是这样，三毛却从讨要棺材板开始，在沙漠里亲手建造属于自己的"罗马"，让沙漠里开出温暖的花。无论面对多不堪的环境，去适应，去接纳，去发现，自在、乐趣便会如期到来。

如同没有棚架的葡萄枝蔓，我在父母亲的放养中与三毛相遇。在我的少年时期，三毛不是老师，不是长辈，她是住在我心里的姐姐、我的玩伴，也是为我打开世界之门的推手。教给我世界地理知识的，不是地理老师，是三毛。跟着她走过山水，我发现了生活及生活之外的有趣。开启看世界的旅程，写一些闲言碎语，成为我热爱这位姐姐的必要方式。仿佛，我偶尔跟她撒个娇、吐个槽，她会拍拍我的头，给我个拥抱。

人是孤独的，我也是在那个时候认识孤独的。谁说年少不懂愁滋味，为赋新词强说愁？年少的愁滋味，也许并非气壮如山，也不会绵长无期。因为老师一个鄙夷的眼神、同学一次无意的冷落，年少的愁，便会如雨一般淅淅沥沥地洒满阳光成长路。而三毛，便是晚上宿舍外断断续续随风飘来的花香，隐藏在绿叶间，像温柔的手指，若无其事地，一点点熨平额头的惆怅。我也是自私的。那缕缕的香，我只想在静夜独享。给别人，我竟是不肯的，便也开始知道，汉语释义里，"孤"是没有成人照顾的小孩，"独"是没有子女照顾的老人。当一个人独享的时候，已是可以不断和自己对话的时候了。显然这种"孤独"跟古时的释义相去甚远。

和楼顶菜园的南瓜藤蔓一样，离开磨盘山之后，我开始四处游走，去听大西北风沙的呼啸声，去闻大昭寺的酥油香，在云之南来来回回十余次，去草原、雪山、大海……走过更多的山、更多的水，这位姐姐一直陪伴在我身边，她的身份从未改变。多年后，听到三毛的声音，我突然热泪盈眶。那是干净、温暖、可爱小姑娘的声音，跟她的文字、她的外表一样美不可言，依然是我年少时黑夜里断断续续飘来的花香！

因为三毛，我把父亲曾经的邻居家，变成了我寒暑假的游乐场。在那个收售旧书的邻居家,从小人书到哲学、心理学书籍,到诗歌、小说,琳琅满目。所以我顺理成章地拜访了柏拉图、尼采、萨特,也拜访过弗洛伊德、马斯洛、荣格……那些远离于我生活之外的老者,还拜访过拜伦、顾城、海子……那些天才诗人,勃朗特三姐妹、莫泊桑、托尔斯泰……那些小说先生。后来的后来,也认识了好多写字的人,只是再没有遇到第二个三毛。

一个偶然的机会,知道了木心美术馆,竟一见倾心。它狭长而简洁,临水而立,风格清冷极简。"风啊,水啊,一顶桥。"常年旅居他乡的人,以这种方式回到故乡。

此前我并不知道木心。于是,《云雀叫了一整天》到手时那份无与伦比的激动,和我遇见《撒哈拉的故事》的心情一模一样。那些看似散漫的文字,淡淡的,仿佛游离在世界之外,俯瞰这世界苍生。待把《素履之往》《文学回忆录》等慢慢读完,我不可抑制地,想要认识这位有趣的老先生。

一个阳光灿烂的周末,我在网上搜索木心先生的画作。看过他的字,再看那些画,便知道为什么木心先生说"我是一个在黑暗中大雪纷飞的人哪"。他的字,是画,他的画,是诗。《孤山夜宴》《梦回西湖》《歌剧》《石屋无恙》《素心云霞》……仅仅是这些画作名称,已胜过万水千山。而那些无题的画作,看似自由凌空,为什么我越看越不能呼吸?在具象与抽象之间,我只是看到一个自由行走的灵魂,沉静、空灵、从容,在自然山水间慢步。"你们看画,我看你们的眼睛。"他一定是看得到我的眼睛,热泪盈眶的眼睛。那天阳光太炙热,我拉上窗帘,想雀跃,想跟朋友说点什么,发现一时竟什么也说不出来。

又是某个周末,我去听木心先生音乐的首演。"音乐是我的命,贝多芬是我的神,肖邦是我的心……"他至死藏匿自己的乐稿,从未将其示人,唯有在一些意兴遄飞的场合,对着朋友哼唱。而那场木心音乐首演,我听见的木心,是面对狱中秃壁、手弹空琴的木心,是戴着礼帽、拄着手杖、在雪地行走的木心,是《梦回西湖》的木心……关上电脑,望着天花板,眼前的画面竟然切换到多年前——三毛离开后,央视采访王洛宾。节目的最后,在偌大的房间里,王洛宾坐在钢琴前,弹着《橄榄树》……那是一个下午,夕阳斜斜地洒满房间,一位慈祥的老人,声音颤抖地应和着琴声……有人说画面凄美,有人说感觉落寞。多年前的我簌簌落泪,那天却一直淡淡地笑着,像品一杯陈酿的酒,感受着岁月的香气,不忍一口吞下。

我想,也许我有点理解木心先生所言的"精神血统"了。我们被赋予了很多社会关系,邻居、同学或同事,大多是不能选择的。但我们能选择谁做我们精神的亲人。拜访过的文人,有的让我仰望星空,有的让我俯瞰山脉,有的陪伴我一段旅途后离开……但他们,都给养了我的精神旅行。这样的旅行,是主动游走的遇见,是不设限的结缘。而精神的亲人里,我固执地视三毛为姐姐,又该如何定义这场与木心先生的相遇呢?也许,不用定义的关系,是最好的关系。没有第二个三毛,也没有第二个木心。在这场精神亲人的相认中,他们都是独一无二的存在。

前不久我搬家了,再没回去看看旧屋的楼顶菜园。母亲放不下她的园子,一个人回去了好几次,又摘回了好些南瓜和葡萄。南瓜特别甜,葡萄甜中带着酸,它们带着的淡淡香气,弥漫在我新的小屋。

过　客

　　十七岁的暑假，大地卷起灼人的热浪，万物呆立在明晃晃的阳光里，我藏在树荫下休憩，等待一场疾风。这等待很漫长，风过，路边蒲公英的绒球起舞，将生命的种子随风播撒。这灵动的景象扭转了我的萎靡，我想出去行走，漫无目的地行走，流浪是藏在我心里许久的愿望。

　　自由有时是一种假象。比如，想要抵达一个地方，需先接受客车的局促与狭小。客车没有空位了，我便倚靠座椅站着。那个座位上坐着一对母女，是很年轻的漂亮妈妈和乖巧的女儿。不时地，漂亮妈妈抬头看看我，我礼貌地笑笑。一小时后，我们都下了车。彼时，我并没想好去哪里。漂亮妈妈开口问我去哪，我说还没想好，看看下一辆车开到哪里。她笑着说，没有目的地的出走啊？要不一起吧。她叫梅，小姑娘叫杨柳。就这样，在下一辆客车到来之时，我们一起上了车。

　　在车上，待小朋友睡着后，梅聊起了她的家庭、婚姻。她说起和女儿的爸爸的自由恋爱，他们是高中同学。在那个升学率极低的学校里，他们是落榜的大多数。彼时，打工潮兴起，家里不让她复读，她好像并没有什么选择，知道分数后，就随亲戚去广州打工了。他则走进了军营。他们真正的交往，从书信开始，聊从前的同学、老师，聊他的军营、她打工的服装厂，但仿佛两人从来没深谈过。在人潮拥挤的城市，她唯一开心的事就是收到他的信件，说不上对他特别喜欢，但这些信件是一种慰藉。一年后，她对他的信件不那么渴望了，例行公事一样地回复着。没有深入灵魂的交流，两人的关系像是浮萍。她想分手，但家里不同意，她好像也没努力去抗争过什么。两年后，他回来，他们结婚。婚姻生活平淡如水，他们像最熟悉的陌生人。说着，她把熟睡的女儿搂紧了一些，看向女儿的眼睛里，全是温柔。

我并不知道梅怎么会跟一个十七岁的学生聊她的婚姻，但并不妨碍我认真倾听。我想，她将部分潮湿的记忆晾晒给我，并不会给我带来负担，于她而言，这也是重新审视自己与重新出发的契机。

抵达那个小县城时已是傍晚。小杨柳在车上已经跟我很熟络了，下车也要牵着我的手走，说要跟我一起住旅店。我看着梅，梅笑着说，你就满足一下小朋友吧。随后，我们找了一家旅店登记入住，她快速地支付了住店费，包括我的。我慌忙阻止，要把钱给她。她说，就当是感谢你一路耐烦地倾听，还有你现在是学生，还要流浪半个月，为后边的旅程存点钱吧。我不便推辞，总觉得心里有亏欠。

第二天早上，我在小杨柳的敲门声中醒来。小姑娘进来后，在我的床上蹦来蹦去，梅说她要出去一趟，让小姑娘暂时跟着我。把自己的小孩交给一个刚认识一天的陌生人，跟着一个陌生人到一个小县城，放在现在，怎么都难以置信。

我带小姑娘去吃早餐，路过一个玩具店，让小姑娘挑一个自己喜欢的布偶，她说不能随便要别人的礼物。我说，我可不是别人，你叫我姐姐呢，我是你姐姐呀，怎么是别人呢？小姑娘笑出两个酒窝，挑了一个哈巴狗布偶，欢喜地抱着布偶亲来亲去。我们在街上逛了会儿，回到旅店，梅也正好回来了。在她的房间里，她有些羞涩地说："其实对于婚姻跟家庭，我原本对外人一直守口如瓶，看见你却不由自主'祥林嫂'了一次。你上车时背着一个简单的背包，拿着相机，汗水直流，眼神里全是无所畏惧的兴奋，是我想象过的美好青春的样子。"她喜欢看书，也曾憧憬过考上大学，认真学习写作，可惜事与愿违。我说打工的同时也是可以写作的，在哪里都是可以写的。她垂下眼睛说，想想而已，总归是自己的问题。被问及为什么一个人出来玩，我说就是特别想出来走走，也没有其他原因。她摸了摸我的头，说，真是做梦的年纪啊！

后来她有事要先走，我们互留了通信地址。她又摸摸我的头，说，青春是用来飞的，但在外面要注意安全，"流浪"得差不多了就回去。我认真地点头，并答应一定会给她写信。但从那之后，我们再无交集。

十八岁那年暑假，经过一段长长的旅途后返程，到达成都时已是夜幕时分。刚下火车，不容多考虑，我已随人流到了火车站的售票口，当听说到重庆的车票已经售完时，才发现背包那么沉，整个人直接跌在地上，喘着粗气。虽然数学不好，但十多天的旅途里，我是计算着花钱的。想着剩下的钱只够买回重庆的车票，已没办法住旅店，我不觉悲从中来，眼泪直掉。

一个人影在我旁边晃了晃，我侧头。"哈哈，果然是你。我，那个，T城火车站那个……"哦，我想起了，是那个在T城火车站因翻越座位被罚款的中年人。没想到三十小时后，在陌生的城市又见到他，加上同是回重庆，两人很自然地亲近起来。我们都急着回重庆，他说外面有卖黄牛票。来不及多说，他自作主张地提着我的背包，带着我跑到车站广场。经过一番讨价还价，我们终于买到两张回重庆的火车票。

登上回重庆的火车时，天早已黑尽了。在轰轰隆隆的火车声中，满满一车厢旅客东倒西歪地睡着了。他讲起了在T城火车站的狼狈，说真是太丢人了。我记得当时大家都排着队买票，他翻过几排座位去插队，被保安直接拿下。他挠挠头，尴尬地说，当时只想早点上车，不能错过那天唯一的车次，因为母亲生病，急着回家。实在太困了，我们并没再过多聊天。他把我的背包从架子上拿下来，放在座位上，让我枕着背包安心休息，然后找来几张报纸，往地上一铺，便躺下去了。没等我把感谢说出口，他憨厚地笑着说，在外面打工，躺地上睡觉踏实，也习惯了。彼时，陌生人的温暖还是抵不过漫长旅途的疲惫，我安稳地睡去。

回到重庆，我们在各自上出租车前说再见。很多的再见，都是再也没法见，尤其是连姓名都不曾互道的人们。但时至今日，每每回想，在我最无助的时候，陌生人伸出的援手，是那么真诚而温暖。而这温暖总会在某些颓丧的黑暗里闪耀。过了很久之后我才知道，黄牛票是溢价的，而我只付了原价。

某一年冬天，因为一些变故，我带着四岁的儿子越越旅行。在古镇的一间小店闲逛时，越越悄悄问我："我能不能把玩具给那个小朋友玩儿？"店里，另一个妈妈也带着自己的孩子。我说，当然可以啊。越越走过去，小心翼翼地把玩具递给那个小男孩。小男孩先退缩了一下，看看玩具，又拉拉妈妈的衣角，问："我能不能玩他的玩具呀？"那位妈妈看着我，我们相视而笑，我对她点点头，她对小男孩点点头。于是，两个小朋友经由一个玩具迅速熟络起来，没一会儿就笑声满屋。对于两个互不相识的妈妈来说，孩子是很好的关系催化剂。于是我们就那样站在店里，眼睛看着两个孩子，有一搭没一搭地低声闲聊。聊天通常从孩子开始，前可以追溯到孕期的种种痛苦，后可到畅想孩子的未来，一上午就这样过去。临走，两个小朋友恋恋不舍地挥着小手，两个妈妈轻轻拥抱，然后互道再见。原本是越越的一次单向分享，却形成了回返性的折射关系。或许这就是陌生人间的关系。

几年后，我问越越是否还记得在某古镇一起玩玩具的小朋友。他说完全不记得了。很多记忆都会消失，两个玩耍的小朋友应该彼此都不会记得。而我记得，因为沉浸在欢乐中的两个小朋友，还有那个单亲妈妈的故事，那些冬天的旅途变得生动而有趣。

时间总是匆忙赶路，匆忙中会脱节。而我们能够抓取的，是一些可以微笑的节点，一些温暖的片段。

梦里不知身是客

一

人天生都是会做梦的。

年少时常常会做同一个梦,一个会飞的梦。在一片森林或是村庄,我奔跑着,右脚猛地使劲,身子就在半空中了,俯瞰山川河流的感觉美到无以复加。我猜想,醒来之前,我的嘴角一定挂着满足的微笑。

"我的梦想"大概是小学开始就会不断写的一个作文题目。从小学到工作前的好长一段时间,我的梦想是拥有一间属于自己的书店。把自己丢在书堆里,便是我认为的遗世的美好。

小学一二年级,我成绩差,课本里的好多东西学不会,一度觉得自己真是笨极了,于是小人书成了我的爱宠。升入三年级后,老师突然发现我的作文写得还有点模样,竟然还当着全班同学的面念我的作文,这真让我羞愧。为了不让老师失望，我继续看小人书，写老师喜欢的作文。

到了中学，我的小人书时代就过去了，校门外有专门租书的书店，校园里各种小说、杂志满天飞。中学老师就没小学老师那么开明了，老是在我看得入神时伸出一双大手。记得某天中午，我正全神贯注于金庸的《雪山飞狐》，胡一刀和苗人凤的沧州大战正精彩刺激，突然一双大手在我课桌上一拍。那么轻的一声，但我把书吓得掉到了地上。在与老师讨论中午可不可以看课外书之后，胳膊还是没能扭过大腿，老师带着书走了，留下我在座位上直发蒙。这本书，后来老师也没还给我。我一直怀疑是因为老师爱上了这本书。

暑假对于学生来说简直是天堂，对我而言更是。那时父亲在重庆谋生，我的暑假基本在父亲那里度过。父亲住处隔壁收售废旧图书的店面成了我暑假的游乐场。那些书可不只是校园纯情小说、武侠小说、席慕蓉诗集了。历史、地理、漫画、哲学、军事、美术……其实当时读书也就一知半解吧，并不真正懂得，但依然觉得有趣，一些句子也让我着迷，比如"每个不曾起舞的日子，都是对生命的辜负"。在我看来，每天能读到各种有趣的书，便是生命的馈赠。

对于学生而言，一个让人感恩的老师，也是生命的馈赠。读师范时，我遇上了十分纵容我的黄文贵老师。那时，学校依然遵循严格管理的模式，上午、下午满课，早操、早自习、晚自习一样都不能少。因为上课时间进不了图书馆，我就经常偷偷跑去新华书店。我记得某次逃课去书店，半途中碰见骑着自行车的黄老师，当时吓坏了，这算被抓到现行了。没承想，黄老师说：又去书店？我搭（载）你去。原来我自以为没人发现的逃课，根本没逃过黄老师的眼睛。

我没能成为书店的主人,但有了机会把梦延续下来。

二

曾经,那个会飞的梦反反复复来袭。我爱上"异乡人"这个词,把像布一样绵软的生活抛在脑后。

是十六岁还是十七岁?不是特别清楚了。清楚的是,我存了一学期的零花钱,终于在暑假发挥作用了——我买了去成都的汽车票,准备开始一场暑期流浪。简单背一个学生包,就出发了。原本上车就睡觉的我,居然兴奋得睡意全无。想想真是过瘾啊,从未踏出过重庆这座山城的人,终于要飞出去啦!酷不酷?牛不牛?

炙热的阳光透过车窗照进来,车内混杂的气味也变成了远方的味道。一个带着孩子的妇女双眼迷离,又强忍着困顿哄着孩子;一个紧紧抱住编织袋的大爷警惕地环视着周围的人;一个学生又似成人模样的男生穿着跟年龄不太符的衣服……这一车的人,不知道他们是要回故乡还是去远方。

到了成都,我的第一站,便是火车站。看多了电视里火车车轮转动的"哐哧哐哧哐哧"声和汽笛声,总觉得那是人们梦想起航的号角。火车站里,有离家寻梦的,有衣锦还乡的,人们迎来送往或是生离死别,这是多少人生的驿站,是盛产故事的地方。

我买了一瓶矿泉水、几包小吃,寻了广场的一个角落坐下。就那么傻傻地看扛着大包小包的人从广场走过。夕阳西下,陆续有拿着手写"住宿"牌子的人向我推荐住店。

住在火车站附近的感觉着实不太好。"哐哧哐哧"声和汽笛声没有想象的那么可爱了，鱼龙混杂的旅店半夜依然人声鼎沸的样子，窗外明明灭灭的星光让我开始想念家乡的宁静了……

在清晨才迷迷糊糊睡着，醒来已是第二天中午。洗漱时，我看着镜子里的"异乡人"，觉得有一份熟悉的陌生。我没有继续后面的行程，就灰溜溜地买了回程的车票。

第一次想要的远方，止步于成都。

在布一样平实的生活里，没有止步的，依然是每年想要远足的念想。从最初的每年一次出行，到后来的每年数次远行，从最初的火车，到后来的自驾，走过了很多的风景，忘记了很多人事，记忆犹新的，依然是最初没有完成的旅行。

三

"阴沉沉的天，我带着宝宝去看医生，一个传说中的神医。见到神医的时候我惊呆了：居然是一个熟人，热衷公益的大好人。当他领着我们去楼上的时候，我意外地发现好多小孩子的器官。神医见我发现了他的秘密，派各路怪兽来追杀我们。我抱着宝宝逃啊逃，回到了工作的地方，神医变成了我的领导……追杀变成了暗杀……"

朋友很焦虑地讲述她做的一个恐怖的梦，要我帮她解梦。我挺认真地回复她：一是工作、生活带来的困扰，原本大家认可的老好人，变成了工作中可怕的恶魔；二是希望自己有强大的超能力对抗死亡。

听起来貌似很专业，不过是因为我了解她偶尔对工作的吐槽和亲人病危的情况而已。

不知从什么时候起，我变成了朋友眼里的"周公"，负责起解梦事宜。也许因为我是长期的做梦患者。说患者也不确切，老实说我很喜欢做梦。噩梦与美梦，清晰逼真的梦与怪异模糊的梦，梦醒后继续梦，梦里有梦，梦里研究梦……很是精彩。海上与风浪的搏击、空中与疾风的赛跑、醒来时"幸好是梦"的如释重负和"如果是真的就好了"的憧憬回味，对我而言是很神奇的生活之外的体验。

因为长期做梦，我也认识了弗洛伊德。千百年来，哲学家、心理学家、医学家始终关注、研究这个话题，但对"人为什么会做梦"却未有一个统一结论。有什么关系呢？在我看来，做梦，就是在生活之外，有一片仅属于自己的领地，任自己徜徉，体验不一样的人生，如果多了不一样的认知与参透，当真就是赚了。

认识了弗洛伊德，我便开始了从事心理咨询师的梦。这个梦，我没有伟大到要解除人类心理障碍的高度，其实最初只想了解长期做梦的自己的心理问题。你想啊，一个人来这世间活一次，连自己都不了解自己，是不是略显悲哀？后来，我偶尔化身"知心姐姐"的角色，不过是和朋友互相照照心理 X 光片，清理一些不必要的心灵垃圾。

有些梦做一阵子，有些梦做一辈子。昨晚，我又做了一个梦：在山清水秀的故乡，在我的书屋，父母开心地聊着我们的童年，几个小孩四处乱窜，朋友成了邻居，送来茶香……

出 口

很多时候,他觉得天空是灰暗的,仿佛所有的光芒都被阴霾吞噬。窝在一个尘土四处飞扬的县城,更灰暗的是他的心。

他自称"中年男孩",混迹各大中文网站,洋洋洒洒地写一些不知所云的文字。就算是一个点击率极高的帖子出世,他也不见得欢喜多少。浑浊的城市如同他的心脏,早已被污染到一定程度,亚健康问题如影随形,说不上具体哪里出了最大的问题,仿佛哪里都有故障。

早上对于他来说,不过是离死亡的日子又近了一步。他瘦弱的身躯穿过空旷的大街,那些墙角处欲掩还显的征婚启事、办证广告,极易混入他的视线范围。他叼一支劣质烟、戴一副黑框眼镜的形象极易被城管盯梢。其实都不重要。他脑海里会闪过一些跟他有过亲密接触的女人,那些让他闪过结婚念头的女人,而今早已不在他的视线范围了。他有些悲哀地想:那大把青春,那些激情燃烧的岁月,怎么就灰飞烟灭了呢?虽然他极度不愿意承认,这个"中年男孩"的自我称谓还是影响了他追求婚姻的进度。因为他将自己的那扇窗户紧锁,少有人能进入。

他丢掉烟头,两手插进裤兜,晃晃悠悠地踏进公司的大门。作为公司元老,他这副姿态,别人懒得理会,他更懒得理会别人。在公司走一圈,证明自己来过,这就是上班!

早些年,"中年男孩"所在的公司距离一个名叫"环球"的网吧很近,步行五分钟可达。他出现在网吧的时间比躺在床上等待死亡的时间更长,4年,乘以365天,算算多少光阴毁灭在网络里?他宁愿投身嘈杂的网吧,以此找出自己还活着的证据。而后,当"90后"都在网吧征战叫嚣了,他才不得不给自己买了台电脑。

不是没想过逃离。某年春节,"中年男孩"跟随火车抵达重庆,第一次走出禁锢了他几十年的县城。举国欢庆的日子,"中年男孩"流连在重庆解放碑女人街、好吃街、沙坪坝小山峡……在熙熙攘攘的人群里,他嚼着玉米棒子、麻辣香串,观景拍照,乐此不疲。

能逃到哪里?

他终究还是回到属于自己的小城。他看见满世界的人们在打听幸福的下落,满世界的人们在情爱路上奔跑。可他觉得,幸福跟爱情,只是一个美好的方向,一个美丽的传说。

早餐和午餐总是一起进行的,不过是果腹而已,为了没有目的地活下去。如同他自我标榜的"中年男孩",明明知道自己已跨入中年,而非要特别强调"男孩"二字。他说自己的年龄是可以调和的数字,而女人的年龄却随着岁月流逝而无法更改。遇到有人打击他尴尬的年龄,他多半会恬不知耻地嗤之以鼻:男人会在乎自己的年纪?尤其是我这样看不出年纪的年轻人。其实他对年龄的恐慌已经到了一个自己都觉得莫名其妙的程度。他可以假装自己很高深很莫测,可以假装自己对年龄视若无睹,可以假装没有女人也一样活得鲜活,可是他还没有很好的办法拥抱刻入骨髓的孤独。他其实非常关注那些网红成名的故事,对网络论坛、对城市的女人也有所研究,用他喜欢的一首《我很丑,可是我很温柔》来解释:他铿锵的嗓音,告诉我们一个事实,到头来,男人都活在剃刀的边缘。

晚饭后他更是无处可去。燃着香烟走出家门的时候,夕阳晚照,和他灰色的内心对比强烈。这是小孩做完作业玩耍的时候,是情侣散步的时候,是喜欢跳舞的老人最鲜艳的时候,是下棋的老人最悠闲的时候。前三者与他无关,他抖了抖烟灰,看老人下棋。"观棋不语真君子",他不一定是君子,但他觉得根本没必要说话。烟灰散尽的时候,夕阳早已落下。他突然有些欣然,那与死亡又接近了一步啊!老人们在收棋盘,他该离开了。于他而言,床其实意味着和死亡的亲密无间。他等待死亡,又拒绝床的铺垫。上网,便是他拒绝死亡的可歌可泣的理由。

上网时,他会孩子气地搞一堆零食,一堆麻辣零食,主要是为应付整日说话太少、吸烟太多的嘴,照顾自己的胃还在其次。这是和他的年龄很不相称的举动。多少人促膝拉家常的温暖时光,他在跟电脑屏幕对话,原本脆弱的心脏,更惨遭他的践踏。满地是散落的烟头和烟灰,零食也在不知不觉中耗尽,他竟然觉得有些畅快。他不知道他的五脏还有多少在健康地活着,他极力摧残他的肺、他的心脏、他的胃,跟无度挥霍他已逝去的青春和所剩无几的时日一样残忍。

天开始发白。

关掉电脑,他的脸色和天色一样泛白,深度近视的眼睛和深度受伤的心脏,让他一直找不到出口。

一个人开车旅行

排位赛玩到手抽筋,被一群队友坑得气到肺炸,手机上跳出微信信息,影说她又在双廊了,问我在哪里。

懒得手动打字,我发语音:"我在青海湖玩王者荣耀。"

影很鄙视:啥时候又玩上小学生游戏了?我说,成人世界太无趣了,小孩子的世界欢乐多啊!

影停了两秒,说,也是,在青海湖玩手游也不算虚度时光。

影是我2015年第三次去大理双廊时认识的。住在沧海一粟客栈的第二天下午,那个任性的店主出去骑行了,命令我客人来了就接待一下。刚过"十一",双廊客人相对少,我正躺在椅子上晒太阳,这时来了两个人吵吵闹闹地嚷着要住宿。

给他们登记时,一个女孩看到我面前的《白夜行》,一阵兴奋:"这个版本我找了很久啊!你在哪儿买的?一定要借我看看!"说着,也没经过我同意,她近乎抢一样,把书拿了过去。

"喂喂喂,我还没同意呢。"我瞄了她一眼。

"你是店主嘛,店主哪有那么小气的!"

"店主出去玩儿啦，我也是住店的。帮个忙而已。"

"那就更应该借我了。俗话说，百年修得同住一个店，千年修得同看一本书。嘿嘿，是吧？再说，都是喜欢东野乌龟的书的人，咱们肯定能聊。"

"啥乌龟？"我白了她一眼，"小朋友，是东野圭吾好吗？"

"哈哈哈，管它圭吾还是乌龟，乌龟好记。"

我很无奈："好吧，乌龟。"

女孩嘻嘻一笑："你才乌龟！我是影，怎么称呼你呀？"

"卡卡，或者随便叫什么都行。"

我看了一下她旁边的男生。男生摇摇头傻笑，是那种热恋的情侣间宠溺的傻笑。

"他是峰子，我男朋友。"影满脸甜蜜的样子。

下午的安静氛围就这样被打破了。双廊绝美的洱海落日也转瞬即逝。

不以日出为早，不以日落为迟。我在慵懒地度假，第三天睡到自然醒过来的时候已经上午十点多了。在散发着三角梅馨香的院子里，影和她男朋友玩完各种恩爱摆拍后，跑过来要我跟他们一起骑行洱海。我瞥了她一眼："你当我是空气吧？电灯泡这样高贵的职业我就不是很喜欢了。"影的自来熟能力和缠人功夫都是一流的，禁不住她的软磨硬泡，我最终答应跟他们一起去。

租自行车时，没想到峰子非要一人一车，这让影很不能接受。影哭哭嚷嚷地说："明明可以重现孙俪、邓超在《甜蜜蜜》里的场景……"不知道哪根筋搭错了，峰子以自己骑更能享受自由自在的快感为唯一理由，死活坚持。影拗不过，只好自己另租一辆。

一段气氛不太和谐的环海骑行。影的骑车技术确实不敢恭维,我们得骑一段等一段。影发着脾气,她男朋友啰啰嗦嗦地传授方法,就这样磕磕绊绊地到了喜洲四方街。

吃饭时,趁影去洗手间,我问峰子:"影骑车技术不行哪,你干吗非要她骑?"

峰子喝了一口茶,望着远处的苍山:"正因为技术不行才要练,老依赖别人的女人不行。"

"女人不依赖你,她还是你的女人?"我白了他一眼。

为补偿白天给影带来的不愉快,回客栈后,峰子跑去买菜下厨,一番忙乎后,还热情地把客栈其他旅客邀过来一起吃饭。一桌不同口音的人吹着海风,喝着风花雪月啤酒,玩着桌游。影白天的不愉快烟消云散,又恢复了叽叽喳喳的本性。

酒过三巡,时钟指向零点。峰子突然举着酒杯站起来,并且邀请大家举杯站起来:"现在是十月十号,是我此生唯一的女人——影的生日,祝我的女人,生日快乐!来来来,干杯干杯!"现场立即响起一大片此起彼伏的祝福声、干杯声。影开心得像个孩子,哇哇直叫。接着峰子突然向影跪下:"苍山洱海为证,沧海一粟的大伙为证,我们从高中到大学,到工作,走过十年。今天请你嫁给我,虽然我有时脾气不好,有时又太固执,但我发誓,我会用一生来守护你!你愿意吗?"

影捂着嘴,笑着笑着又哭着点头。峰子一激动,抱着影转圈转到咳嗽。

十年啊!半醉半醒之间,大家絮絮叨叨话十年。

醉酒后的清晨是不应该被打扰的。我还是被影的电话吵醒了，迷迷糊糊接通后，听影一顿埋怨。她说男朋友昨晚喝了酒又吐又咳，要让她开车。她说她是极度不喜欢开车的。

我问，你们走了吗？她说，是啊，我们今天去丽江，说好的全程他开车。我说，好了好了，好好开吧，两条命呢！等等，我的《白夜行》呢？

影突然哈哈大笑，仿佛刚刚的埋怨都不算数。她说微信上转钱给我，她买。

影倒是把书钱转过来了。不过我懒得收，让她欠着我，本是想给她一次谴责自己良心的机会，却反而让我成了她的情感树洞。

2016年春天的某天，影微信上说自己把《白夜行》的小说又看了一遍，电影版、电视剧版也统统看了一遍，说亮司离开了，从此和雪穗真的分隔两个世界。

我说，其实他们本来不是就一直分隔在白天和黑夜吗？

影说，是啊，当太阳升到最高点，影子消失了，亮司，只是雪穗的影子。我恨这个结局。如果早知道，我就好好练习开车，练习开各种车，他就不会去喝酒⋯⋯

我想打断她，但她没有要听我说话的意思，继续自言自语："他大爷的！他几个月前总说工作忙，应酬多，每天喝很多酒，经常喝到吐，让我开车去接他⋯⋯我催他结婚，他总躲躲闪闪，避而不谈⋯⋯"

我知道她也不想我发表什么意见。我只发了两个字：在听。

"在一起十年，从搭火车到自驾，从二手车到按揭车，我们一起去过很多地方，云南、内蒙古、西藏、四川⋯⋯我们缩减其他开销，只为从全世界路过。他知道我对机械不敏感，不喜欢开车,每次自驾都是他一个人开车,我们走走停停……几个月前,他就知道自己得了胃癌,晚期,瞒着所有人,喝酒、呕吐、咳血……"

时间瞬间停止。我无言。

峰子昨天走了,只叮嘱影,要她学会一个人开车旅行。

我摩挲着手上新买的那本《白夜行》,听到天边传来椎心饮泣之声。我起身,向着黑夜里青海湖吹来的冷风,说:你已经学会一个人开车旅行了!

影说,不啊,我带着他呢。这世界有太多我们未曾到过的地方,此后都是,四海八荒,我带着他旅行。

时间的尽头

一

我是在盛夏的夜晚知道影子出事的消息的。

彼时,网上的相关新闻已经铺天盖地:影子和朋友挑战瀑降,因瀑布水流量太大,被困瀑布中,待救援队赶到,大家已无生命体征。

我关上灯,打开窗。远处江面上灯光晃漾,楼下蝉声撕裂。风长出一个个尖利的锯齿,琢出自然与生灵间的密语,让人恍然觉得已抵达时间的尽头。而时间的尽头,唯有记忆。

那一年国庆长假临近,我在驴友论坛寻找同行的旅伴。看到一个名为"一路向西"的招募帖,想着在大山的阴影中穿行,在有羊群的草原上沐浴星光,就已经感觉自己行在路上,遂联系招募者。招募者说:此行没有具体行程,只是一路向西。我很满意这样的简介,只要不是去看人海车流,向西就是我想要的方向。我和影子,以相同的方式加入了"一路向西"四人行,像从不拒绝沙粒的沙粒,因为风,我们拥抱彼此,向同一个方向移动。

二

我们是漫游者,不做路书,也无攻略,有店住店,无店扎营。

在宕昌县,车子在两面对峙的山脉中穿行。大地沉静,群峦叠嶂,仿佛顺山峦而行,便可抵达更远的远方。千疮百孔的凸岩、泥浆滚滚的江水,这景致有一种病态的美感。我们决定挣脱群山的裹挟,在下方水流湍急的握臂桥停下。那座桥年代久远,由圆木搭成,桥身下无任何支柱,桥面上无任何护栏,曾任千军万马通过。热衷户外运动的影子十分从容地走过去,在木桥中央淡定地站着。我看着个子小小的她站在瘦削的桥上,好似一介镇尺压住随时翻卷的宣纸。她在桥上大声呼喊,我们便都呼喊起来,桥下江水的声音粗犷,仿佛它在和我们交谈。

回到车上,影子望着窗外:"其实我就出生在高山峡谷的乡村,两岸断崖壁立,险峻雄壮。那里拍出来像世外桃源,但贫穷也是真的。"身处逼仄的空间适合谈论故乡。对于住在大山里的人们,山是他们的信仰,是那片土地的脊梁;生男孩,是很多家庭的希望。她常生病的父亲和有腿疾的母亲守着大山,生下女儿影子后,便把女儿送给了亲戚。之后接连出生的两个妹妹,也都被送出去养育。直到生下儿子,她家已一贫如洗,甚至没有住房,他们住在废弃的乡村小学。中专毕业后,影子工作了,筹钱盖了房,至此,这个家总算有了家的样子。地理与风物会成为一个人的精神指引。影子想逃离大山,我想逃离喧闹,不知道是不是离开后,才能拥有故乡?

继续向西,距离甘肃临潭县城还有一段路,此时已是傍晚。影子发现一个用泥土建造的古城堡,于是我们停下来。经过和古城堡门口刘姓村民的交流,我们得知这座城堡叫红堡子,是明代朱元璋下旨修建的军事城堡,距今近700年历史。我们仿佛无意间撞见明代的一颗文化宝石,欣喜之余,决定就此扎营。

太阳已从黄土坡跌落,风在村落的四处逃窜,像在审视这些红堡子的闯入者。有着江南庭阁风韵的灯山楼,曾是警戒之所。我们在这里搭建帐篷,做一夜楼阁的守护者。待帐篷搭建完毕,我们到外面的小店买酒买菜,去拜访刚刚热情介绍这"红色卫士"的刘姓人家,坐在炕上,听刘姓大叔一家讲着那些远去的故事。旅途中的意外惊喜总让人着迷。这是红堡子的祖屋,是当年刘顺、刘贵的住处,也是"指挥部"。清末,祖屋在原址上修建,至今还保留着"外不见木,内不见土"的建筑风格。按刘氏家族传下的规矩,这房屋只能由长子继承和居住,至今如此。

走出温暖的屋子,一阵冷气袭来。红堡子的夜清冷辽阔,我们缩在睡袋里,看不见星空,像在一个漆黑空旷的洞子里,却没有任何压迫感。说到洞子,影子竟然兴奋起来。她说这像极了探洞体验,在乡村长大,在城市生活,与城市依然有强烈的疏离感。一个偶然机会,她遇到一群从事户外运动的人,从此爱上了背包穷游、探洞,从城市走向乡野或更远的地方。我记得影子说起探洞时，眼睛在闪光。她说大自然创造的奇观千姿百态，洞穴不为大多数人所看见，探洞时对未知世界探索的过程，已经让人满足，更何况能真正见识那些奇观，像打开了生活的另外一个出口。这是"勇敢者的游戏"，如若不是身在其中，人很难体会到足够多的磨砺，甚至痛苦之后的愉悦。

次日清晨，我们收拾好装备，沿着红堡子的土城墙步行。俯瞰小小的村落，一个个用红砖修建的方块式的房屋，和斑驳的城墙相融，有"不足为外人道"的悲怆且孤独的美感。

一路向西，我们每个人都有自己想要抵达的地方。影子最想去的是沙漠，我想去西宁转山，但我们都没去。在祁连山下，我和影子聊了很多，聊我们喜欢的歌、喜欢的人、喜欢的书、聊星座、聊血型、聊最糟的事、聊化解郁闷的方式……把每个人手机里、记忆里的歌放了一遍又一遍。她的眼睛里时常有一些阴郁，一点点的被关爱都会让她特别感动。在老家，她喜欢夏天晚饭后和家人坐在坝子上乘凉、闲聊，在全家人都回屋睡觉后，她还要一个人望着天上的群星，听草里的虫鸣。她想象自己是一只可以无限飞翔的鸟，去看看山的那边会是什么样的景象，看看冬天的大山如何被皑皑白雪缠裹……她没有叙说生活的压力。

我曾翻看过她的QQ空间，她总是一边绝望，又一边自我鼓励。一个女孩，在被命运驱使到城市的二十多年，那么顽强地与命运抗争，又那么倔强地向着阳光奔跑。其中一段话让我记忆深刻："命运的轳辘，碾压着一颗颗揉碎的心，撕裂着一段段温情，却又撑着一个个躯壳。霜寒还没有来到，雷雨也还在赶路，风雪快近了……"生活赋予每个人命运的轮廊是不同的，我不知道她具体经历了什么，但我能想象她敲出这段话时饮泣的样子。

在被我们誉为"最美营地"的青海湖，我们朝自己喜欢的方向出发，我和影子选择了湿地，两个小小的身影在长长的杂草中慢行。我提及这段话，她哭了。我没有再问，只抱了抱她。几年过去了，她强忍哭泣的样子依然很清晰地印刻在我脑中。

三

"一路向西"之后回到重庆，我们又都各自跌落到纷繁的俗事里，平时仅靠网络联系。影子问我要了我购买书籍的网址，买了一些书。她约了我再出行，我因工作未能成行。

后来的我们，只在朋友圈旁观彼此的生活。影子迷恋上更多的极限运动：攀岩、攀冰、溪降、瀑降、陆潜……很多我不知道的极限运动名称，都是从她的朋友圈得知的。为了玩极限运动，她跑步、健身、反复练习，用脚步探索着这个世界，在现实与梦想中往复、兼顾，偶尔忧伤，乐此不疲。

流浪本身并不孤独，但流浪大概由孤独而生。她在某处攀岩，我又再次去了青海湖。在原来扎营的地方，给她看日出的照片。她说，自由和自然，又诱惑我赶紧上路。曾经已被模糊的记忆，如流星划过、闪现。在冷雨夜被热情地收留，主人一家和小伙伴们豪放地划拳拼酒，青海湖畔四个小伙伴的静坐神游……想起一路上的那些老友，眼泪不能自已地滑过脸颊。让往事温润地荡漾在青海湖的大风中，不要停，继续走……

她没有停,我也没有。梦有自己的钥匙,在现实世界自行开启。人生不同,每个人都有自己选择生活方式的权利。她在某地攀冰,我在川西行走;她在城市陆潜,我在大理行走;她在普者黑发呆,我在西藏朝圣;她在昼夜赶着标书,我在深夜赶着文案;她去了新疆工作,我换了工作单位……我们在交错的时空里各自行走。

记忆琐碎,远不及山海辽阔。打开她的朋友圈,最后一条是视频。在激流的瀑布之下,她颤抖的声音有着藏不住的兴奋:"这是一条没经过开发的瀑布,水流比较大,我们在研究瀑降方案,会选择以比较安全的方式尝试。"人生之短,于自然而言,犹显虚无。她并非不知道危险与畏惧,她曾说:远方太远,生命太短。让人恐惧又让人疼惜的大自然,有可以想见的远。用生命去实践,它既可成全你,也可埋葬你。

我想起哈里,梦境中他目之所及,是乞力马扎罗高耸的方形山顶。它如整个世界一样壮阔宏伟,在太阳的照耀下闪着令人难以置信的白光。他终于懂了,那就是他要去的地方。我愿意相信,在时间的尽头,她抵达了愿意到达的地方。

生活笔记

1

我最疯狂的旅行纪录，是一年出行十余次。在被疫情困扰的这两年，对旅行的热衷被迫截断。

"凿户牖以为室，当其无，有室之用也。"房屋因为门窗之空，可出入，能采光，可见"空"有空的意义，和绘画之留白同理。居住在熟悉的城市多年，最初的好奇与探究会慢慢消失。因为熟悉，所以忽视，人与人，人与城市，就是这样走散的。没有旅行而空出来的时间，当我安静地看自己生活的小城，小城便慢了下来，我也慢下来步行、阅读、写字、画画。

在夜晚阅读，放下种种人事，用文字与作者照面，是特别自由的事。

爱好打麻将的朋友说，真羡慕你能坚持阅读。我说，你打麻将不也坚持得很好？都是悦己的事。其实读书更简单，一本书，一个人，地点时间都随意。打麻将就复杂多了，需凑齐四人，对自己的牌要了如指掌，还需对他人的牌用心推算，需要智商。当然二者也不冲突，也有对阅读和麻将都热衷的人。这样的人让我很佩服。

取悦自己，滋养精神，从来都需自己主动，也是最自我的事。书是不同时空的智慧碰撞的产物，也是不同人生的交集地，好的书是能给予空间、意见和力量的。在阅读里，偶然遇上与专注寻找都有趣。有时在书里与人达成共识，便觉得世界上多了一个高阶精神版的自己，便觉得有了和自己深度交流的方式。

也被人嘲笑过。提及一本书，她问：主人公叫什么名字？啊这，真记不住。她大笑。当然有她笑的理由。我也笑笑，还不以为耻。在意故事情节是少年时代的事，现在喜欢看有味的句子。读过的很多书，若是小说，一些情节都不一定记得，觉得很美的一些句子，后边也会忘记，重读时仿佛这又是一本新书。记忆力差，有时很希望被植入一种记忆芯片，我甚至相信这一天迟早会来。每个人的储存能力相同，重要的依然是幻化再生的能力。有些经典，十几岁二十岁是很难理解的，现在读，时间刚刚好。

"一日不读书，便觉得面目可憎"是近两年才体会到的。在繁忙的工作之余，捧着一本书，世界就迅速静音，不禁喜悦，期望读书成为终生习惯。

朋友问，你画画的时候，想着的是展示技术还是表达思想？我说思考画什么的时候就是一种思想，画的过程就是用技术表达思想。所谓思想，也许是一种情绪，也许是一种情感，也许是一份心境，也许仅仅在于笔触之趣、色彩之趣、自由意志力。思想，不一定非得饱含文化深意或现实意义。小孩子绘画，就是对色彩、形状等最直观的表达。

其实艺术就是在讨论生活。艺术家穷其一生在寻找自己的艺术语言，人终其一生也是在寻找属于自己的活法。艺术即生活，在终极意义上，两者从不相悖。

2

人类的情感大多是不能共通的，只能相近。

某天看着电视，小孩突然困惑地问：刚刚在电视上看到一些情节，我明明很感动，但是我没有眼泪，我是不是很冷血？也许他是看到我在流泪，所以觉得有必要跟我聊聊。人的痛点和泪点都是有差异的，大人跟小孩的差异更大。我明明见过他因为五毛（家里养的猫）失踪而嚎啕大哭。某天他在画画后和我交谈，看到他拼命忍住眼泪的样子，我摸摸他的头，说还是哭出来好。他哭着说今天对素描完全没感觉，坐不住，老想上厕所。他的泪点不完全因状态不好，也因无法达到老师的要求而急躁。我们说着说着就笑了。即使我曾是小孩，我也无法体会小孩的焦虑。唯一能做的是让他把焦虑说出来。

在重庆国泰中心看话剧《安魂曲》，在沉重的背景下，它有着刻入骨髓的绝望，让人在生与死的临界处感受死亡。母亲对着天空说："我孩子的灵魂现在在哪儿呢？它是跟在我身后，还是高高在上，在星辰之间，已经不再思念我了？"我被这句话击中，心里的弦瞬间崩了。眼泪狂奔，直至全身发麻喘不过气。同行的几个朋友均诧异不已，完全无法理解。如果一个人没有真的绝望过，便无法在母亲的问天中感受到真正的渴望。

情感共通，自然珍贵。即使是以旁观者的身份看百态世间，也是至要的。

3

诗人苇凡在微信群里发了张1996年《合川报》的图片，引发热议。泛黄的老报纸、副刊里熟悉的作者和编辑名字，一下子与过去的时光重叠，怀旧情绪滋长。那时的《合川报》是对外发行报纸，也是当时江城合川文学爱好者的舞台，后来停办，不再发行。

许多打着时代烙印的事物，在时代的更迭中不复存在。一种传播形式的消失，总会有人怀念，也许并不因那些事物本身，而是因为那些无法重来的旧时光。

时间无法逆行，技术的裂变和速度也是无法阻挡的。怀念，跟孩子就没什么关系。孩子有太多新鲜事物要尝试，有太多新的失望要去面对，有太多新的痛感要去体验。陷入回忆的，大多是有古典心性的成年人。接受技术的革新，也留存一些古典部分，挺好。即便面对汹涌的变革，还拥有超乎时代之上的迟钝。迟钝，只是因为从纷乱中辨析、梳理，找出了自己需要的部分。

4

一个外地朋友来访。小城下着细雨，嘉陵江上薄雾氤氲，我们沿着江水的流向，在滨江公园走走停停，聊孩子、远去的朋友、旅行，闲散说话。他说想老了以后隐居山林，一个帐篷度余生。二十多岁时说这话的人，眼睛一定是飘浮的，有着并未看过世界的茫然与急切。而他说这话时眼神笃定。在乡间长大的人，与天地的亲密度很高，回归也许是本能。我带他在美术馆看展。他自然知道这是我工作的地方，只是很感叹，重庆合川有这么一个建筑结构和线条如此风格化的美术馆，且地处公园内，临江而居，与拥挤的城市割离。"设计师说，这是江岸边的一块鹅卵石，温润自然。"我们上上下下逛了一圈，坐在美术馆楼顶露台上，他说从造型上看，美术馆像靠岸的扁舟，感觉随时会出发航行。此时细雨停歇，群鸟飞过，很应和这语境。

朋友离开，我没有送别。

一个朋友患癌住院，我们几个朋友一起去医院探望。看着枯瘦如柴的他蜷缩在病床上气若游丝，所有安慰的话无法出口。他已知自己时日不多，也已无法与我们交谈。我看着他的眼睛，曾经发光的眼神已不再，有一些游离，有一些复杂，猜不出那是面对死亡的坦然，还是等待死亡的无奈。从医院出来，我们沉默了许久。即使知道从生到死是一个必经的过程，面对之时又会有不同的情绪。无常，是人生的常态。正因为如此，人才会在已知生的状态下，认真生活。

《寻梦环游记》看了好几遍，我依然相信人真的有三次死亡：生物学上的死亡，社会上的死亡，以及最后一个记得你的人离开了这个世界。存于我记忆里的人，他们从来没有先于我离开。人为什么需要童话？大概是需要被它抚慰和浸润吧。历经俗事之后，相信被步步逼退、退无可退的尽头，便是童话耀眼的光芒。

两个月后，我去治丧中心参加了朋友的告别仪式。

5

秋天的某个黄昏，我从书房望向窗外，嘉陵江上的晚霞特别绚丽，像油画。第一感觉是想要用手机拍下来。在已习惯性地用相机、手机镜头看世界的今天，固化，是科技与文明的产物。想要让眼睛与镜头分开，我便迅速打开延时摄影模式，把手机放在窗台，让它自行拍摄，然后把眼睛交付给外面的世界，看晚霞慢慢消散。

席勒说："活在这个时代，但不要成为这个时代的造物。"视觉图像通过眼睛和镜头进入，直接与间接的接收方式，带来的观感是不同的。在延时摄影视频里，我能看到云霞流动的方向，能看到黑幕如何徐徐铺在江面上，能看到城市的灯火渐渐成了星光，能看到光与影的张力。那时那刻，在我的眼睛与自然交流时，脑海里滑过一些人、一些事，视频里没有。眼睛在意此时此刻，视频记录那时那刻。视频是眼睛的辅助，像一张时间卡片，将画面定格，将时间储存。技术迭代会继续，重要的是依然用眼睛和心观看万物。

6

早上出门，阳光穿过薄雾透射下来。我在小区见到两只橘猫，一只趴着，一只半眯着眼睛。在明暗分明的绿色草地上，它们像慵懒的精灵。环形步道上有三三两两结伴散步的老人，两个老孃孃的棉袄很鲜艳，手牵手，走得很慢，让我想到"老闺蜜"这个词。我忽然笑了，觉得整个小区就鲜活了起来。

在年末特别冷的几日，下班途经的公园里比平日多了些人。两个环卫工人在聊过年的事。跑步的女生快速经过，原本散漫走路的我竟然也加快了速度，待发觉时才又慢了下来。一对中年男女或是夫妻推着轮椅经过，轮椅上的老人盖着红色毯子。两个中年男人在公园的拾光天街广场抽烟聊天，两个小孩子围着他们互相追逐。爬上公园的小山坡看江，草坪泛黄，江水泛光。

在有阳光的周末，在美术馆楼顶露台，我看见市民都从屋子里走出来，散游在滨江公园。草地上有零零星星的帐篷、餐布和小巧的座椅。大人盘坐在草坪上，孩子和狗在追逐、逗趣。几只小黄鸭小船漂在江面上，两艘白色的帆船靠在江岸。这是小城合川的生活图景：天地安详，三江清幽，一切温良与善美在这里蓬勃、丰盈。

7

  我家屋顶上有一大片菜园。晨起,去楼顶逛逛。朝阳中,枇杷熟了,番茄满枝,南瓜藤恣意生长,四季豆长势良好……一切都郁郁葱葱、活力十足。曾经荒芜的一切,已换了新鲜血液继续流淌,生命是如此奇妙,无论是新生还是重生,只要有心,日子就会鲜活起来。

  和朋友在一个开了十年的咖啡厅小聚。十年前一杯茶水坐一下午;十年中各自婚恋,各种变数,各种西餐、咖啡、小品吃个遍;十年后,依旧一杯茶水。茶杯上轻淌着烟云,几缕温热。缄默或热烈,都如肌肤,遇热遇寒,自动调节,自然而然。这便是最好的状态,即使无话,也坐得安稳,心境安然。

  某日。窗外飞雨,飘渺若烟;屋内客厅,俩孩子的战场,玩具满地。我独坐书房,让悦音绕梁,然后离开电脑,细读《眠空》,用文字触摸心情。一动一静,和谐美好。我特别喜欢自己这样的状态:静静的,安宁的,从容的,随意的,惬意的……喜欢这样的自己!我仿佛望见未来:一个慈祥的老太太,坐在椅子上,静静地看儿孙打闹,即使窗外狂风暴雨,屋内依然温暖如昔。

  晚间跑步。路过热闹非凡的广场,看凡人起舞,看凡人歌唱……每个人在自己的舞台挥洒汗水,那般热情与执着,令人动容!围观者甚多,多为中老年。是否人唯有到达此季,才真正明白活着的意义,才真正懂得珍惜?三江灯光旖旎,湖光斑斓，与KTV的灯红酒绿相比，是不是活得生意盎然就能实现自我修复？

人常常不自觉地抚摸身体的伤痕。"伤痕早已不是自然的组织，而是增生凸出的丑陋的东西。"那么胎记呢？但凡第一次见我的人，多会问及我手臂上醒目的红色胎记。我往往认真地笑答：家庭暴力。听者愕然，但似乎都不愿意相信这只是胎记，因为太像自残的疤痕。与生俱来的东西，其实无须解释，但也无法割掉，必定此生相随，当然，这样的东西不仅仅是胎记。伤痕，在磕磕碰碰中集结，我不定时会提醒自己：那些曾经，那些过往，那些偶然或必然的错误，此生不要再错。

8

忙着加班，忙着生病，生活有点褪色的趋势。朋友说，无妨，这是生活的常态，过去就好了。

过去就好了。当然会过去的。那时那刻，当下的情绪调整需要长久清洗才能及时反转。

虽然不会长久地对某件事或某个人生气，但若身体不好，便会持续放大不开心的点，然后它像气球一样越来越膨胀，最后一点即破。

上周，王梓兴奋地聊起他们班两个同学恋爱了，说故事非常像偶像剧。男生初一就开始给女生写信，女生没回应，但两人还是经常一起玩。后来听说另外一个男生也在给女生写信，男生生气，便不再理女生，发愤图强，成绩迅猛提升。

后来，在某天放假前的数学课上，男生发现女生坐立不安。于是他故意留了两道题没做，磨磨蹭蹭赖到最后，大部分同学都走了，他还坐在座位上。接着，女生将他叫出教室，表白了。男生讲起这个事情时，说这是心有灵犀。如果那天他早走了，也许就没有表白这个事了。

学生时代的恋爱真是有意思。

谁想，王梓这周末回家，说，女生的爸爸知道了他们俩的事……女生和男生现在都没怎么说话了。我问，她的爸爸是怎么知道的呢？王梓说，还是怪她自己啊，什么都跟双胞胎姐姐说。话里满满的埋怨跟惋惜。

好的情感会让彼此共同成长，暴力掐断不是好的解决方式。正常的情感需求，其实是不分早恋跟晚恋的。年纪太小不应该谈恋爱，门不当户不对不应该谈，那么大年纪了不能谈……太多经验主义的道理大义凛然地站在大家面前，要给大家以指导。事实上，人的一生需要自己去经历和体验。人性偏向危机预判，却缺少慈悲与同理心。

不好的，让时间推着走吧。走过就好了。

9

说好的八月约会，水草过来度周末，我陪她住酒店，两人要喝茶、聊天、唱歌。然后我这边疫情管控，解封后，她那边疫情管控，约会直到十月才成行。两个女人的约会都如此困难，想想也替那些恋爱中的人忧虑。

生命过去一半，我越来越喜欢简单的生活，也明白事物有很多切面。

世上有很多并不相爱的夫妇,他们居住在一起生活,像男女合租的室友。

父亲很不爱母亲,常常忽略母亲的感受,至少她看到的是如此。如果说父亲粗枝大叶、不注意小事,可当母亲需要购买社保以保后半生无忧时,父亲却将钱悉数给了儿子购房。她很想劝他们离婚,但他们并没这个意愿。每个人有自己对生活的解读,永远不能取代的,就是别人的思想。

世上有太多重男轻女的父母,有些人年轻时并没显现出来这样的思想,老了竟对儿子偏爱得异常明显且执拗,尤其父亲,这让她特别不能理解。他穷尽所有,为儿子、儿媳买房,想要在儿子那里养老,却没能在新房子待上一天。父亲竟也不怨,还每月按时将退休金打给儿子还房贷,听起来是甘愿一生为孩子付出的中国式父母。而一旦父亲生病或遇到其他需要解决的问题,第一时间就打电话给女儿。他每个假期都盼望见到孙子,但一直等不来。女儿一家依然回去看望父母,也许因为太经常了,父亲没有惊喜,而没见到孙子的失望是真真切切的。女儿没有失望,她只是做自己想做的。他们把所有难题都给了女儿,女儿是他们最后的退路,同时他们却甘愿扛下儿子的所有难题。

水草说这个事情时并没有抱怨,也不像在说别人的故事那般置身事外。因为事物有另外的切面。

想起日本作家伊坂幸太郎说:"一想到为人父母居然不用经过考试,就觉得真是太可怕了。"

说起教育。对在同一个家庭成长的孩子,即使用复制粘贴的教育模式,结果也会大相径庭。她是被放养长大的孩子,但懂得自律，考上了重点中学，一路顺利。父亲很欣慰，想尽办法让她弟弟也进重点中学。成绩平平的弟弟在这条路上走得辛苦且屈辱，父亲没有为他撑起一片天空，而是相信棍棒底下出孝子。后边的路，弟弟数度遭遇挫败。

不知道她的父亲是不是因为对弟弟心有愧意，所以穷尽所有去弥补？我们不得而知。

10

时间是旁观者。

过去的人和事时常在时间的注视下冒出来。有过交集的人，会有与他们有共同交集的人带来消息。大多时候是重大的消息。谁结婚了，谁离婚了，谁身患重病，谁猝然离世，于是祝贺、叹息、悲伤。即使彼此间有过不愉快，听到这些信息也能生出慈悲。平凡的消息在已经没有交集的时间里，是不值得被传递的。而我们的生活在大多时候，都是平凡细碎的。

把橘猫丢了的消息告诉送猫人，她回："谢谢善良有爱的老唐容忍、疼爱了它那么久。"只有内心慈悲有光的人才会用这个角度看待。这道光常常会一下子点亮他人。

中午去楼下走走，发现美术馆门前叶子早已枯死的银杏树竟然长出了嫩叶。原本以为是春意让树木萌动展叶，原来它们即使历经酷暑，也可重新发出新叶。生命的力量常会超出我们刻板的认知，是好事。阳台上有很多没熬过这个夏季的花草，但我觉得茉莉花的枯枝和枯叶甚至比它们活着时的色泽还漂亮，所以打算待枯叶落尽再换花草。对有些事物来说,死亡未必是终点,甚至比活着更有价值。又或者,我想看看它们有没有生还的可能。等一等,不用太急。做一个旁观者,时间会给出答案。

11

身体和精神都需要在某个时候彻底游离。

停电,所有工作只能停止。我索性走出美术馆,去滨江公园走走。

秋天雨后的公园,空气清凉,天空微蓝,闲云散落,江水平缓。美术馆门前的几株银杏树,叶子被掠去了金黄,耷拉着,蜷缩着,若有风过,便会随时飘落。这种飘落并不美,好像有夏天烧焦的气味。躺在手机里的去年的银杏叶,金黄闪亮,连落地都让人觉得惊艳无比。

经过一个六十余年来最热的夏日,许多草木枯死,多地山火连发。被移植至公园的许多花草,在秋天活出了春天的样子。草地忽然就绿了起来,一度枯死的灰褐色的冬青长出新叶,小蓬草花开正盛……仿佛时空交错,季节颠倒。

被规整过的苗圃里,几个统一着装的花匠忙着清除杂草。适合在乡野长大的生命,即使拼命在城市生根,也敌不过铁铲的剿灭。对整齐划一的公园来说,不仅是绿植,连石头都是外来者,自然容不得杂草野蛮生长。朝生夕灭,是野草的命数,像装裱书法作品时被裁掉的多余的宣纸。海纳杂草的,只有乡野。城市发展太快,这公园以及后边的一大片高楼,曾经也是广阔的乡野之地。干净整洁的公园自然是好的,公园有零散的来访者,在塑胶步道散步或路过,鞋子都少有尘土,更无稀泥。我看到一个花匠除完草后,用杂草将脚底的泥土清理完,才走上步道。

此刻,我是这个公园孤独的访客,一个没有情感的访客。而我却希望敲下的字,是野生的。

12

早香邻。喜欢这名字,最近喜欢去的早餐店。

一碗稀饭、一个小笼包、一个鸡蛋,简单的早餐。同桌60岁左右的大妈在打电话,说等会儿去洗面。我看了看她,大妈文过眉,文过唇线,没化妆,浑身透出自信。想想自己近几年都没去过美容店,也没去理发店,没去足疗店,没做美甲,日子过得粗糙,但好像也并没有什么不好。上班、阅读、码字、画画、跑步,头发长了自己剪,指甲长了一点点就即刻剪掉,也不再美甲,冬天用上泡脚桶,不买名贵护肤品,常常素颜,生活简单,但健康、适宜。年少时更注重生活外在的形式,而今更在意生活本身与精神的自由,各有各的美。

两个老姐妹慢慢走进来,她们长相极为相似,穿衣风格也相同,我以为她们是双胞胎,便与她们聊了会儿。两个老姐妹很欢乐,说两人住得近,经常一起在附近公园走走,聊聊天。其中一位顺便给自己女儿的足浴所打起广告来。她们慢慢吃着小笼包,热气在她们的皱纹上一点点熨烫,仿佛岁月被一点点展平。幸福对人的滋养,即使在沟壑深重的皱纹里,也有光亮。

时　光

1

　　带一本书，去美术馆楼顶坐坐，看一小会儿，搁下，然后绕着楼顶走走。木质楼梯上，有几只死去多日的鸟。它们是天空的自动消失笔，洋洋洒洒舞动过无数线条，像一则谎言，天空没有它们的痕迹，楼顶残留它们的骨殖。是因为楼顶的灯光让它们迷失方向？是因为透明的玻璃让它们产生了可以飞过的错觉？抑或是其他，不得而知。

　　细雨下了一整天，没有一点声音。一只鸟飞过来，停在金属栏杆上张望，鸣叫两声，又飞走了。我从鸣叫声里听出了欢快，也听出了祭奠。此时，雨突然停了。天空依然乌云密布，江面雾气潮湿，远处群鸟结队飞行。它们在振翅飞翔，有横渡江面的傲姿，有一掠而过的轻盈。我碌碌半生，闲步楼顶，却想为几只死去的鸟招魂，总想着生命与时间，有无限延伸的可能。

2

生活就是有别于自然。应该承认今天这些持怀疑态度的反实在论者和以显微镜检验认识者的做法,不无道理,因为他们的本能,那把他们从时髦的时代里驱逐出来的本能并没有被驳倒,他们在小径上悄悄往回走,这又与我们何干呢?关键不是他们想要"倒退",而是他们想要离开。再多一点力量、动能、大无畏精神和艺术家气质,他们就会想要超越,而不是倒退。

3

有时做出一个决定很有快感,不管是悲壮的、欢喜的,都有一种莫名的坦然,有摆脱纠结跟犹豫的通畅,有一种即将新生的幻觉。

好友喝麻了,反复骂我"太自以为是了"。我也不生气。你看,我已经接受批评了,说明没那么自以为是了。

珍惜对世界的敏感,也珍惜自然的健忘。

4

能够醒得早是幸福的。阳光清朗,空气中弥漫着草木香,是自己独享万物的静谧的幸福,是受自然馈赠的幸福。有那么些时日,我在七点之前醒来。江水在不远处,朝阳还没漫过白塔坪的山坡。一开始天空与江水同为蓝色,后来天空中乌云翻涌,汩汩流淌的江水也渐渐变色。在某一刹那,它们的色彩有一些魔幻的交战,或是纠缠。阳光爬上东山,天空与江水,谁也没战胜谁。

5

和诗人们聊及生死。"在葬礼上喜悦地告别",谁都不觉得可以做到。面对陌生的人离去,至多祝福,无关喜悦;而面对亲近的人,自然祝福,却无法喜悦。

6

如果喜悦可以分级,在庸常的日子里收到手写书信的喜悦是高级的。其实,更重要的是因为她是离我灵魂最近的朋友,一个特别温暖的人。哪怕只是几句话,也有一份特别强大的能量,可以把原本乱糟糟的情绪熨烫得平平整整。我们从不担心对方会爬多陡峭的山坡,蹚多湍急的河。我们都不彼此安慰。因为我们都笃定地相信,无论面对怎样的境遇,彼此都会安然地度过。我们写信,只是叙说,仅仅如此,也不仅仅如此。爱这种小事,由心而已,原本就不做作。

7

在固原。炙热的山间,风穿树隙,感觉不到宁静。山峦跪太久了,膝盖渗出血丝,红得有些醒目。火舌舔过的溪水,瘦成破抹布的样子……

生活没什么惊天动地的目的。

8

一个古老的村庄,世外桃源般的存在。四周的青山在雾霭中起伏,村中的河流在树林里流淌。路过一户人家,见识了好多身形庞大的动物,它们与游客握手、亲吻,十分和谐地相处。为了拍一棵驴子形的大树,我爬上另一棵树的树尖。为了从树上下去,我用树枝完成了类似蹦极的操作。

醒来,窗外挂着一轮圆月。梦境也许是生活的另一种探索。

9

和小王同学一起上小说课,课上讨论"胸有成竹是不是作家最好的状态?"。小王同学说:"我觉得不是。如果一个作家已经让故事和人物定型了,他就少了很多创造惊喜和随机应变的能力。"

大家表示不同意。

老师说:"怎么办,小朋友,你被大家孤立了。"

我看到小王同学脸上略现尴尬。课继续到下一个环节,小王同学突然举手说:"老师,我想起一个事例来反驳大家。列夫·托尔斯泰写《安娜·卡列尼娜》的时候,原本对这个人物十分熟悉,胸有成竹,想把她写成放荡的女人。但他后来没有这样写,这才成就了一部好作品。"

我看到他说完脸都红透了。小王同学当时11岁,在念小学五年级。

10

走在广场,接到邮局送报纸的大姐打来的电话,她说有我一封挂号信。

大姐的语气很热情,不知是不是很少送手写体挂号信的缘故。我也不自觉地语气温柔起来。

音有共振,光有能量,人与人之间的能量,有时是以语言、气息传递的,有时是以眼神传递的。

正聊着,我似乎在手机外听到了她的声音。果然她就在我旁边,着工作装,骑在摩托车上,举着手机。我跑过去拿信,她热情地递给我。走远了,她忽然很自然地喊我的名字:"安卡啊,上次好像有你的书,但不是送到这个地址啊!"她还埋怨自己当时听说换地址了却没及时给我送来。我笑着说真的没关系,原地址不远,我自己去拿就行了。

11

同一医院,看亲人与死神痛苦搏击,生死之间,人渺如草芥,与时间博弈,终是失败。同一治丧处,车辆如织,人群熙攘,最后一程,祈福祭奠。已故的亲人,他们在四时之外,许是只能存于我们心里。

12

接到许久不联系的老朋友的电话,约"生产队成员"小聚。我欢快地答应了。接电话时,我的眼睛应该是笑出鱼尾纹了的。因为这通电话按下了时光快退键,短暂的疯玩的日子一下子开始回放。

晚上的聚餐让人五味杂陈,还没来得及好好地聊,就得知两个噩耗。一个朋友患了尿毒症,一个朋友患了食道癌。消息太突然,氛围一度异常悲伤。患尿毒症的朋友却立刻打破气氛,轻描淡写地说着他每周的透析过程,他笑哈哈地说着,像在说别人的事。我们听着,也没有更好的语言可以安慰,唯有祈祷幸运降临。而另一个朋友,因为病症,他声音沙哑到说不出话来,又极力想要和我们一起谈笑。我们只能假装不知道,然后试着轻松地回顾过往。他来得晚,清坐一会儿,筷子都没动,就提前离开。剩下的人,也无多话,只轻声地唏嘘:那么年轻的人啊!

13

"任何时候当我们活在不安、散乱或是自我热衷的泡沫中,意味着已孤立于自己的生命之外。这个孤立得到希望、恐惧以及幻想所添加的燃料,阻止我们存在于当下并且直接体验事情本身。"

精确的一段总结,关于热衷表演与物质的无爱的时代。

成年人内心的成长与境遇、自我学习相关。有的人成长飞速,似乎在某一个瞬间突然成熟,但实际都是跟日积月累相关,只是集中在那一瞬间打开。

14

偶尔想起饼干——一只猫。两年前朋友送来的。

和以往养过的猫都不同,饼干不温顺,不愿被触摸。或者说,它回应被触摸的方式是跑跳着抓咬你。于是在某个周末,两个做清洁的家政阿姨打开门后,饼干迅速蹿上去将她们咬伤。母亲一生气,将饼干丢到小区。可此后每一天,她都打电话给我,天天去问小区保洁,又去楼下寻找。她说着说着就会抽泣起来,说一辈子都没做过这种事,心里愧疚。她一遍一遍地说,我一遍一遍地安慰。

我也会想起一只狗,幼年时家里养的一只土狗。它没有名字,无非是"小黄""小黑"地叫着。不知道它哪学来的识别技能,能认识自家的鸡鸭,并视别家的鸡鸭为敌人。所以,但凡有别家鸡鸭踏入我家地盘,必然会招来它的猛烈攻击。父母也因此赔了不少钱。因为把邻居的鸡鸭咬伤太多,某天邻居几个男人将它绑在树上,用鞭子抽打它。小狗在外面嗷嗷直叫,我在屋子里吓得哇哇大哭。从此我们家不再养狗。

15

晚间和朋友散步,习惯性地朝平常跑步的方向走,那些灯、那座桥、那些垂钓者……仿佛一直在视线之列。朋友提议换个方向时,我竟一时诧异。一路走下来,熟悉又陌生的街景,让人感觉甚是新奇。

16

他说:"有些话,用玩笑讲出来,至少不会让人觉得尴尬。"玩笑与真实到底有多少是异曲同工,有多少是南辕北辙?人总是欺骗自己,以平衡内心的秩序,这也未尝不是一种解题的方式。

17

睡觉前,小孩说:"我五岁了,想换个帅气霸气的名字。"

我很有兴趣："你想好换什么名字了没?"他凑到我耳朵边，非常认真地说："叫帅哥好不好？我可不是随随便便取的！"我回答："……啊哈，好帅气霸气的名字！"接着他又说："也可以叫鲨鱼。"我已笑得无语。小孩子的直接表达是笑话更是童趣，成年人如此表达就只是笑话。

18

年轻时热衷验证友谊，会分别给几个朋友发同样的信息："想喝酒了。"一人在娱乐，一人在值班，一人立马回："在哪里？马上到。"最后大家悉数到齐，我就备感幸福。

19

据说旅行是射手座的信仰。十六七岁的青葱年纪，一个简单背包，我就那样跨了出去。在拥挤的列车上看各色行者，在小城市里张望，在尘烟中步行，在佛前祈愿，在河流边停留，在蓝天下发呆……不是赶趟似的去风景区拍个照，以证明自己到此一游。旅行于我，就是生日蛋糕上那颗漂亮的草莓，是城市森林的出口，是自我的重新审视，是生活在别处的体验……在有限的生命里，体味无限的人生，便此生无憾了。

20

"慢慢走,欣赏啊!"

人生本来就是一种广义的艺术。每个人的生命就是他自己的作品。懂得生活的人就是艺术家,他的生活就是他的艺术作品。

生活都是人格的表现。大至进退取与,小至声音笑貌,没有一件和全人格相冲突。

"风行水上,自然成纹"。妙在于此。

无所为而为的玩索。

21

一条旧街,热闹非凡。我飞奔过去扶住爸爸,他有些站不稳,说来接我下班。他心情不太好,情绪有些失控,想要大声唱歌。我说,你大声唱啊,但他唱不出来。我们深一脚浅一脚地走过一些饭馆、一些地摊儿。一个熟悉的痞子,看到我们一老一小走得艰难,叼着烟拦着我们的去路。我哭着拼命保护爸爸,爸爸怒吼着要跟他拼命……一个叔叔从楼里冲出来,赶走那个痞子……梦开始混乱……街上所有人像是在跟时间赛跑,也许是地震,也许不是。一个女生,着白色正装,在奔跑中摔倒了。我扶着爸爸经过,她笑着站起来,接着奔跑……爸爸走不动了,要坐下来,我哭着不许,大声喊:要一直走,一直走才好……

这是我第六次梦见父亲。

阅 读

> 阅读是一座随身携带的避难所。
>
> ——毛姆

阅读是一件很自我的事情。年少时会跟着推荐购买书籍，看故事为主，拓视野，长见识，通过书籍摸索世界的样子。后来会根据自己的喜好、需要选择书籍。有时读到让自己特别兴奋的书，便想要力荐给朋友。如果朋友也同样喜欢，就多了一位可以因书交谈的人。如果朋友并不感兴趣，也不觉得失望。

《红书》是一本隐秘的日记，一场奇奇怪怪、神神秘秘、莫名其妙、信马由缰又酣畅淋漓的灵魂探索。无须用"懂或不懂"来判断是否读下去，"风从哪页吹起，便从哪页读起"。如果能从零散的读取中发现一条明明灭灭的自我寻找之路，便值了。如果没有，权当是旁听一些故事。

瓦尔特·本雅明才是心灵捕手。"人生宛如社会，走上的永远是一条单向街。"城市的镜像、人性的多维、哲思与生活的交织，在城市的迷宫里存在、迷失、寻找、再迷失。感受并不是独坐空房间遐想而来，而是来自具象的事物对大脑发出的邀约。

早年读《瓦尔登湖》，觉得异常晦涩。同样是物质上简朴至极，唯求精神上的丰沛充盈，但在踮着脚、向外张望的年纪，我觉得挖空心思地行走才是解药，没有要停下来的情绪。

在这段足不出户的日子，世界都静了下来，生活一下子由繁芜变到简单。慢慢翻阅《瓦尔登湖》，慢慢变成梭罗的邻居，每个黎明被"枝头上引吭高歌"的金鸡唤醒。"苟日新，日日新，又日新。"站在窗口观看日出，从来没见太阳以完全一致的方式出现。云霞、山色、飞鸟、河流也都日日变换着。在这样的心境下，觉得《瓦尔登湖》是烟火气里富含哲思的老者，在看似无序的絮叨中，叩开人和人性身后的门，让我们去看生活，看自然，看自己。

"大多数人过着忍气吞声的绝望生活，所谓听天由命无非就是一种习以为常的绝望。你是从绝望的城市走到绝望的乡村，并用水貂和麝鼠的盛装来安慰自己。"

一个人在林间，每日与田野、山脉、河流和花鸟虫鱼为伴，这是生活的一种。他的归隐，并非因为厌恶官场，也并非因为对世事失望。恰恰相反，他太热爱他的生活，健康而清澈地选择了属于自己的生活方式。刻入骨髓地热爱大自然，热爱自己的生活。"每一条小小的松针都舒展扩大，胀满了同情，待我如挚友。"

文字是最珍贵的文物。它既是一种与我们更亲密无间的东西，同时也比其他任何艺术品都更具普遍性，是最接近生活本身的艺术品。

"到底什么样的空间把一个人同他的伙伴们分隔开，并使他变得孤独呢？"隔得开的不是空间，而是不能贴近的心。两条腿无论怎么奔跑，都无法使两颗心更加贴近。

没有比孤独更好的伙伴了！

读阿摩斯·奥兹的《乡村生活图景》。集子里的每一篇都像是生活本身，好像一切本来如此，没有经过任何修改。他把生活原原本本地搬进了小说，他呈现了生活里那些随着时间流淌而又无力改变的绝望，那是比绝望更深的绝望，静水深流，发不出一丁点儿声响。正如生活在洪流中的我们，常常忘记了自己是为什么而活，总在寻找，但是不知要找的到底是什么。奥兹这部短篇小说中的每一篇都在阐释着同一个问题：生活在一起的人如此孤独，人与人之间沟通理解的不可能。他不是想要追问，在没有沟通和理解的基础上，爱是否能得以存在，而是呈现了这么一个事实：我们正是在这种不被理解的孤独中生活着，在孤独中爱着，也在爱与生活中孤独着。他用自己的方式说出了生命的本质——孤独。

有人认为《爱在黎明破晓前》《爱在日落黄昏时》《爱在午夜降临前》是世间爱情最美好的样子；有人认为《白玫瑰与红玫瑰》《围城》是爱情最真实的样子……奇迹和传奇，世间都不缺，只是从不按人数和时间平均分配罢了。

《倾城之恋》多年前读过，今又重读，并将《倾城之恋》

电影、电视剧几个版本全复习了一遍。两个画面，无论是小说，还是电影、电视剧，都让人印象深刻。

柳原心平气和地说："流苏，你的窗子里看得见月亮吗？我这边，窗子上面吊下一枝藤花，挡住了一半。也许是玫瑰，也许不是。"柳原道："我一直想从你的窗户里看月亮。这边屋里比那边看得清楚些。"

……柳原又道："鬼使神差地，我们倒真的恋爱起来了！"流苏道："你早就说过你爱我。"柳原笑道："那不算。我们那时候太忙着谈恋爱了，哪里还有工夫恋爱？"

他们之间，真的有爱情吗？我们常常想要追求情感的真相，希望找到一个恒久不变的归宿。其实，事物并没有某种固定的状态或结果。因为追求真相，所以我们会失望、痛苦和迷茫。不要试图去掌控动态的外物，事物的真相从来不是外在的某个标准或答案，向内捕捉，认知，接纳，看自己内心的成长和变化。

卡夫卡生前发表的作品不多，《变形记》是其一。主人公格里高尔变成大甲虫后的一切怪诞境遇，像一面镜子，让各色人等一一露出马脚。疏离于现实的叙述、无厘头的对话，撕开现实华丽的衣角，揭开隐匿于底层的人性。读者对变形的人不感到惊异，反倒对周围变异的人群感到唏嘘，并能将身边人物对号入座。

喜欢《过路人》《十一个儿子》《饥饿艺术家》和《归途》。有些句子很闪耀，太多留白，像一出刚刚拉开大幕的剧，还在等待过程，却已看到尾声，需要重头再读一次，或是两次，然后恍然大悟。这是很美妙的感觉。

"当你夜晚在小巷中散步时,很远就看到有一个男人——因为前方的街道是上坡,且皓月当空——向你跑过来,你可不能拦住他,即使他身体虚弱、衣衫褴褛,即使有人在他身后追赶,并叫喊他,还是让他继续向前奔跑吧……终于,喝了很多酒,你难道不应该困倦吗?你感到很高兴,他们跑远了,你看不到两个人了。"(《过路人》)

现实中,卡夫卡在法律博士毕业后,成为不了父亲希望的商业巨头,自始至终都只是个平凡小职员。他偷偷写作,不为名,不为利,只是纯粹地想要表达自己。人们说他生前默默无闻,应该是针对大众而言。卡夫卡死前将一些稿件交给朋友,让朋友看完后烧掉,说没有一部作品让自己满意,想要带着那些作品一起去往另一个世界。卡夫卡死后,他的朋友把他的手稿整理后拿去出版,大家庆幸读到了他的文字,感谢他的朋友偷偷留存。如若卡夫卡泉下有知,他会如何理解自己作品的生命?

残雪的集子读了好几本,更喜欢短篇,《山上的小屋》《苍老的浮云》《情侣手记》《小镇逸事》《归途》《美人》《女儿们》《追求者》《凄美的记忆》等。小说有的残忍冷酷,有的荒诞离奇,不是传统意义上结构流、情节流的叙述方式。

《美人》,开篇似诗:"每当我沉思之际,街对面平房的小窗就打开了。"接下来就是:"女人的头伸出来,朝街道两端张望几下,上半身倚在窗台上了。我以前从未见过这样的女人,就像从古代仕女图上剪下的人儿一般。简陋的门窗、破败的屋檐陪衬着画一般的女人,将我的思绪带到我还未出生的那个年代。据说那时的物质生活是极其清贫的,然而却有美人。美人不食人间烟火,一队队从大街上游过,脚不沾地,早起的居民都有幸目睹她们的倩影,那种古风的裙衫飘带,令每个人心旌摇荡。

"……

"'她将来也是一位美女。'乌老太从透风的牙齿缝里咕噜出这句话。

"我想,我怎么从来没有见过这个女孩呢?我问乌老太她是新来的吗,'本就是这里的……悄悄地就长大了。美女就是这样,从前这里美女如云。'"

《可爱的黄梅》里,"我"总喜欢和她一起玩,因为"我空虚无聊",也因为她常给"我"带来快乐。黄梅"心眼很坏,她将一条毛毛虫放到婴儿的脖子上,她还毒死了我心爱的花金鱼。可是为什么,只要她一叫我,我就同她一块走了呢?我恨自己这种同流合污的行为,可是不同她在一起,我什么也干不好——报纸也卖不掉,捡废品也无收获。"黄梅明明是"我"认为世界上最"不要脸"的人,大人们以为自己是在逗她玩,可她也在挑逗那些大人们。包括对"我",她一样"用尽手段",可"我"对她的恨依然不能持久,永远会在第二天又想要跟她玩个痛快。

世间有多少个"我",就有多少个"黄梅"吧。

《赫索格》,断断续续地阅读。若说故事情节,读者会感觉赫索格信中的文字絮絮叨叨,一个人自言自语,就像在窃听一个醉汉说一些不为人知的秘密。摩西·赫索格,一个大学教授,学富五车,在爱情、婚姻里找不到存在的意义,在工作上也怀才不遇。"要是我真的疯了,也没什么,我不在乎。"摩西·赫索格心里想。所以赫索格开始给天底下的每个人写信,无论跑到哪里,行李箱里唯一重要的就是永远也寄不出去的信件。赫索格的心灵一直在追求自由的道路上,很多人说他在自省中升华。而最终,他在闪光的夏天,回到空气清新、溪流汩汩、草木葱葱、绿荫青翠的乡下住宅。赫索格的几亩田庄,是鸟的乐园。所有追逐自由的行程,最后都归于生活本身。所有的意识流,无非是生活的折射光。抛开故事情节,索尔·贝娄的描述是有血有肉且相当有趣的,是我热爱的文字的一种。之所以断断续续地阅读,是因为句子值得玩味。

"世界应该爱那些爱它的人们。"